IL BURLONE

L'ANGOSCIA

MAKSIM GOR'KIJ

IL BURLONE

I.

Il redattore capo della «Gazzetta di N... ...» correva nervosamente su e giù per la vasta sala della redazione. Teneva un numero della gazzetta in mano, allora uscito dal torchio, e l'agitava furiosamente, gridando e bestemmiando a scatti. Il redattore era un omiciattolo dal volto angoloso, magro, ornato d'una barbetta nera e di un paio d'occhiali d'oro. Sbatteva i piedi con forza sul tavolato della stanza, sgambettando e girando intorno alla lunga tavola, coperta di giornali spiegati, di bozze di stampa e di fogli di «originale», che stava in mezzo alla sala. Vicino a questa tavola, con una mano appoggiata sull'orlo di essa, stava in piedi l'amministratore, un grande uomo biondo, non più giovane, il quale osservava il redattore coi suoi occhi allegri e chiari, mentre un sorriso si disegnava sul suo grosso faccione. L'impaginatore, uomo angoloso, dalla faccia gialla e dal petto concavo, vestito di una specie di zimarra bruna, sporchissima e troppo lunga per la sua statura, si stringeva paurosamente contro la parete. Alzava le sopraciglia e spalancava gli occhi verso la soffitta, come se volesse ricordarsi di qualche cosa o riflettere profondamente; poi, un momento dopo, sospirava malinconicamente ed abbassava il capo sul petto. Sotto la porta stava il fattorino della redazione, urtato ad ogni momento da individui dal volto accigliato e preoccupato, i quali entravano od uscivano. La voce del redattorecapo, irosa e chiara, risuonava con forza in mezzo a quell'ambiente, facendo fare una smorfia nervosa all'amministratore e trasalire di paura l'impaginatore.

– Ma guardate che insolenza! Gli farò un processo a questo mascalzone, a questa canaglia..... È venuto il proto? Fate venir qui tutti i compositori!... Ne hanno già dato l'ordine?... Ma figuratevi un po' quel che avverrà adesso!.... Tutta la stampa ne parlerà..... Sarà uno scandolo... in tutta la Russia!... No, non lascerò passare la cosa liscia, potete esserne certi!.. Che canaglia!

E colle braccia alzate al di sopra della testa, tenendo ancora il foglio spiegazzato fra le mani, il redattore si fermò in quella posizione, come se avesse voluto avvolgersi il capo nel giornale e mettersi così al sicuro contro lo scandalo previsto.

– Ma incominciate col trovare il colpevole... consigliò l'amministratore con tono asciutto.

– Sì... sicuro che lo troverò, signor mio! Altro che lo troverò!

Ricominciò a correre per la sala, stringendosi ora la gazzetta al seno, ora stiracchiandola con rabbia.

– E dopo averlo trovato, lo metterò alla porta!... Ebbene?... e questo proto non viene mai? Ah! ah! eccoli qui! ... Favorite, signori, favorite pure!... Ah ah!.. Gli umili comandanti dei soldatini di piombo!.. Ah! ah!... Sfilate, signori miei, sfilate!

L'uno dopo l'altro, tutti i compositori entravano nella sala. Sapevano già di che cosa si trattava, ed ognuno era già pronto alla sua parte di accusato; perciò i loro visi sporchi dalla polvere di piombo erano tutti come congelati in un eguale immobilità. Si aggrupparono tutti in un angolo della sala, ed il redattorecapo si fermò davanti ad essi, con le braccia ed il giornale dietro la schiena. Era di statura più bassa della loro e dovette alzare la testa per guardarli. Fece questo movimento in modo troppo brusco ed i suoi occhiali gli saltarono ad un tratto sulla fronte; credendo che stavano per cadere, alzò rapidamente il braccio, ma in quello stesso istante, essi gli ricaddero sulla radice del naso.

– Che il diavolo vi...! gridò egli, digrignando i denti.

Sui musi sporchi dei compositori passò un allegro sorriso; anzi, si udì una risata soffocata.

– Non vi ho chiamato qui per vedere i vostri denti! gridò rabbiosamente il redattore, facendosi pallido. Mi pare che abbiate già fatto abbastanza scandalo col giornale... Se in mezzo a voi ci sta un onest'uomo, un uomo d'onore che capisce cosa sia un giornale... cosa sia la stampa... egli dirà chi ha fatto questo... qui, nell'articolo di fondo...

Ed il redattore si mise a spiegare il giornale con le mani che gli tremavano dalla rabbia.

– Ma di che cosa si tratta dunque? chiese una voce, nella quale non c'era altra espressione che quella della curiosità.

– Oh! non lo sapete? Ebbene, eccovi servito!.... ecco, ecco qui... «La nostra legislazione sulle fabbriche è sempre stata per la stampa un soggetto di discussioni animate.... cioè di chiacchiere senza fine, di stupide filastrocche e di tantafère senza costrutto alcuno....» Ecco, sta qui!... Siete contenti? «Stupide filastrocche!» Chi ha aggiunto queste parole.. e «Tantafere senza costrutto!» Che bello stile, e quanto spirito!... Ebbene! si può sapere chi di voi è l'autore di queste «filastrocche» e di queste «tantafère?».

– Ma l'articolo di chi è? È vostro?.. Allora siete voi l'autore di queste belle frasi.... rispose la voce calma che aveva già una volta parlato al redattore.

Era un'impertinenza bell'e buona, e tutti pensarono che il colpevole era bell'e trovato. Ci fu un movimento nella sala; l'amministratore si avvicinò al gruppo, il redattore si alzò sulla punta dei piedi, col desiderio di gettare, al disopra delle teste degli operai, un'occhiata sulla faccia di colui che aveva parlato. Il gruppo dei compositori si era un po' diradato, e davanti al redattore stava ora un robusto giovanotto in camiciotto bleu, dal volto butterato dal vaiuolo, contornato da ricci ribelli. Stava lì colle mani profondamente conficcate nelle tasche del suo calzone, fissando con indifferenza i suoi occhietti grigi e maliziosi sul redattorecapo, e sorrideva impercettibilmente nella sua barba bionda, tutta riccioli. Tutti lo guardavono: l'amministratore con le sopraciglia aggrottate; il redattorecapo con stupore e collera; l'impaginatore con un sorriso discreto; i compagni, con una soddisfazione mal dissimulata, mista a timore ed a curiosità.

– Siete dunque voi? domandò finalmente il redattore, mostrando a dito il compositore butterato, e strinse le labbra facendo una smorfia gravida di minaccie.

– Io... rispose l'altro con un sorriso particolarmente semplice ed offensivo.

– Ah!... Fortunatissimo!... Siete proprio voi?... E perchè avete aggiunto quelle parole, se è lecito chiedervelo?

– Ho forse detto che le avevo aggiunte? domandò il compositore e guardò i compagni.

– È lui, senza dubbio, Mitri Pàvlovitsc, disse l'impaginatore, indirizzandosi al redattore.

– Ebbene, son io.... ammettiamolo pure, acconsentì il compositore con una certa bonarietà. Poi fece un gesto di noncuranza con la mano, e sorrise di nuovo.

Tutti tacquero di nuovo. Nessuno si aspettava una confessione così pronta e così calma, e le cose imprevedute fanno sempre una certa impressione. Perfino l'ira del redattore si cambiò per un momento in stupore. Lo spazio si allargò ancora intorno all'operaio butterato, l'impaginatore si ritirò vivamente dietro la tavola, i compositori si scostarono maggiormente.

– L'hai fatto a bella posta, non è vero?... Con premeditazione? domandò l'amministratore sorridendo ed esaminandolo attentamente coi suoi occhi rotondi.

– Rispondete dunque! gridò il redattore, facendo un gran gesto col suo giornale tutto gualcito.

– Non gridate.... Non ho paura di voi.... Molta gente ha già gridato contro di me, ma non ne ho mai ricevuto nulla!...

E, negli occhi del compositore, si accese una piccola fiamma sfacciata.

– In fatti, continuò egli, cambiando posizione e rivolgendosi questa volta all'amministratore; è con premeditazione che ho aggiunto quelle parole.....

– Sentite? disse il redattore, indirizzandosi agli astanti.

– Ma che razza di pupazzo sei dunque? gridò l'amministratore, riscaldandosi ad un tratto. Capisci il torto che mi hai fatto?

– A voi, niente affatto... anzi, credo che abbia aumentata la vendita del giornale! In quanto al signor redattore... infatti... un affaruccio di questo genere non dev'essere di suo gusto.

Il redattore fu come pietrificato dall'indignazione; restò ritto davanti a quell'uomo calmo e cattivo; i suoi occhi dettero lampi, ma non trovò le parole per esprimere i sentimenti che lo sconvolgevano.

– La pagherai cara, amico! riprese l'amministratore con voce sdegnosa; ma, calmandosi subito, si dette un colpo sul ginocchio.

In fondo, era contento e dell'avvenimento e della risposta insolente dell'operaio: il redattorecapo l'aveva sempre trattato con una certa superbia, senza darsi la pena di dissimulare la coscienza della propria superiorità intellettuale, ed ecco che lui stesso, vanitoso ed arrogante com'era, si vedeva vinto – e da chi?

– Ti conceremo per le feste per questa tua impertinenza! aggiunse egli.

– Pare anche a me che non lascerete la cosa passare liscia! confessò il compositore.

Queste parole ed il tono col quale furono pronunciate fecero di nuovo impressione. Gli operai si guardarono fra di loro; l'impaginatore alzò le sopracciglia, e, per così dire, si raggricchiò tutto; il redattore fece due passi indietro, si appoggiò alla tavola, ancora più sconcertato ed offeso che irritato, e vi rimase cogli occhi fissi sul suo nemico.

– Come ti chiami? domandò l'amministratore, tirando un taccuino dalla tasca.

– Nicola Gvòsdef, Vassìli Ivanovitsc, disse subito l'impaginatore.

– Eh, tu! servo di Giuda Iscariotte! taci, quando non ti si domanda nulla! disse ruvidamente l'operaio colpevole, guardando di sbieco l'impaginatore. Ho una lingua, e so rispondere per conto mio.... Sì, mi chiamo Nicola Semiénovitsc Gvòsdef... Il mio domicilio....

– Lo troveremo da noi! interruppe l'amministratore. Ed ora vattene al diavolo!.. Andatevene tutti!

I compositori uscirono lentamente, a passi rumorosi, dalla sala. Gvosdef camminava dietro i compagni.

– Aspetta... un momento!.. disse il redattore a voce bassa ma distinta, e stese il braccio verso Gvosdef.

Costui si voltò, si appoggiò allo stipite della porta, ed arricciandosi la barbetta fissò gli occhi insolentemente in faccia al redattore.

– Ecco quello che ti voglio domandare.... incominciò il redattore.

Voleva essere calmo, ma non ci riusciva; gli si alterava la voce: dalla parola passava al grido.

– Hai confessato.... che nel fare.... questo scandalo.... lo facevi... prendendo di mira... la mia persona.... Sì?... Cosa significa questo?.. Si tratta dunque di una vendetta contro di me? Perchè?... Te lo domando... Puoi rispondermi?

Gvosdef fece un'alzata di spalle, strinse le labbra, abbassò il capo e stette un momento in silenzio. L'amministratore batteva un piede a terra con impazienza, l'impaginatore allungava il collo, ed il redattore si mordeva le labbra, facendo scricchiolare nervosamente le dita. Tutti aspettavano.

– Ebbene, giacchè lo volete, ve lo dirò... Soltanto, siccome non sono un uomo istruito, forse mi spiegherò male – e non mi capirete.... Ebbene, in questo caso, scusatemi! Ecco dunque come va la faccenda. Voi scrivete una quantità di articoli di ogni specie; consigliate a tutti quanti l'amore del prossimo, e così di seguito.... Non so dirvi tutto ciò che predicate... non sono un letterato... Ma sapete certamente meglio di me ciò che scrivete tutti i giorni... Allora, io leggo i vostri articoli. Discutete sul conto nostro, sul conto di noialtri operai... ed io leggo tutto ciò... E sono disgustato di questa lettura, perchè sono tutte chiacchiere – e null'altro .. Parole, parole, parole senza vergogna, Mitri Pàvlovitsc!... Scrivete: «Non rubare!» E cosa si fa in questa vostra stamperia? La settimana passata, Kiriakof ha lavorato tre giornate e mezza, ed ha guadagnato tre volte ottanta copek, poi gli è venuta una malattia. Allora sua moglie viene all'amministrazione a prendere il danaro ed il direttore le dice che non spetta a lui di pagare, ma che invece è lui che deve ricevere da lei un rublo e venti – come multa. Proprio!... Altro che «Non rubare!» Allora, perchè non scrivete articoli sopra queste cose? E sul modo col quale il direttore ingiuria i ragazzi, e li batte per la minima mancanza?... Non potete scrivere queste cose, perchè fate parte della stessa politica... Scrivete soltanto che la gente trova difficoltà a vivere bene... E se lo scrivete, vi dirò io il perchè... è perchè non sapete trovare altra cosa da dire... Semplicemente per questo... Ed è per questo che non vedete le crudeltà che avvengono sotto il vostro naso, mentre raccontate benissimo le crudeltà dei Turchi? Forse che tutti i vostri articoli non sono fandonie? È da molto tempo che mi è venuta la voglia d'introdurre, per vergogna vostra, qualche parola vera nei vostri articoli... E avrei potuto far meglio di quel che ho fatto!

Gvosdef si sentiva un eroe. Si raddrizzò fieramente, alzò il capo, e, senza nascondere il suo trionfo, guardò in faccia il redattore. E questi si strinse contro la tavola, di cui prese l'orlo con le due mani nervose, e si buttò indietro: ora impallidiva, ora arrossiva, ma sorrideva sempre con aria disprezzante e confusa, irata e dolorosa. Le palpebre si aprivano e si chiudevano alternativamente sui suoi occhi dilatati.

– Un socialista? domandò a mezza voce l'amministratore con spavento e curiosità, rivolgendosi al redattore, il quale sorrise a fior di labbra; ma chinò la testa e non disse nulla.

L'impaginatore si era scostato dagli altri uomini e si era avvicinato alla finestra dove stava un vaso con un enorme rododendron, il quale gettava sul tavolato un disegno di ombre; egli s'era posto dietro a quel vaso e da quel sito guardava la scena con i suoi occhietti neri e mobili come quelli di un sorcio.

C'era in essi l'espressione di un'attesa impaziente ed ogni tanto vi si accendeva una fiammella di gioia. L'amministratore guardava il redattore; costui lo sentì, alzò il capo, e con un lampo d'inquietudine negli occhi ed un tremito nervoso nel volto, gridò dietro a Gvosdef che ne se andava:

– Permettete... aspettate!... Mi avete offeso... Non avete il dritto... spero che lo sentite... Vi sono grato della... della vostra... lealtà... nelle vostre spiegazioni... ma, lo ripeto...

Voleva parlare con ironia; ma, invece di questa, c'era nelle sue parole qualche cosa che suonava male, che esprimeva un sentimento falso. Fece una pausa per mettersi al diapason di una difesa degna e di lui e di quel giudice, il cui dritto di giudicarlo non gli si era mai affacciato alla mente.

– Son cose che si sanno! fece Gvosdef con un cenno della testa; ha sempre ragione colui che sa parlare molto!

E, ritto sulla soglia, gettò intorno a sè un'occhiata che mostrava chiaramente il suo desiderio impaziente di andarsene.

– No, permettete! riprese il redattore alzando la voce ed agitando un braccio. Avete espresso un'accusa contro di me, e prima ancora di esprimerla, mi avete punito arbitrariamente per la colpa che, secondo voi, avrei commesso contro di voi.... Ho il dritto di difendermi, e vi prego di ascoltarmi....

– Ma che bisogno avete di preoccuparvi di me? Difendetevi davanti all'amministratore, se sentite questo bisogno. A che prò parlare con me? Se vi ho offeso, citatemi davanti al giudice. Ma.... difendervi? Oibò!... Addio! aggiunse poi, voltando bruscamente le spalle, e, con le braccia dietro la schiena, uscì dalla sala.

Portava grossi stivaloni, e siccome camminava pesantemente, i suoi passi risuonavano sonori per la gran sala di redazione che somigliava alquanto ad una tettoia.

– Ecco una bella storia – e con del pepe dentro! esclamò l'amministratore, allorchè Gvosdef ebbe chiusa la porta dietro le sue spalle.

– Vassìli Ivànovitsc, io non c'entro in alcun modo in questa brutta faccenda, disse l'impaginatore allargando le braccia con aria contrita ed avvicinandosi pian piano al redattore.... Impagino la composizione, ma non posso mica sapere ciò che il compositore vi ha ficcato dentro... Sto qui in piedi tutta la notte... Io sto qui, mentre in casa mia moglie è ammalata ed i bimbi non sono sorvegliati... ne ho tre... Posso dire che do il mio sangue per trenta rubli al mese... l'ho ben detto a Fiòdor Pàvlovitsc, allorchè accettava Gvosdef come operaio nella tipografia: «Fiodor Pavlovitsc, dicevo io, conosco Nicolka da bambino, e devo dirvi che Nicolka è un burlone ed un ladro, un uomo senza un bricciolo di coscienza. È già stato davanti al giudice conciliatore, dicevo io; ed è anche stato in carcere....

– Perchè ci è stato? chiese il redattore con aria pensosa, senza guardare l'impaginatore.

– Per dei colombi... cioè, non già per i colombi, ma per aver rotto delle serrature. In una sola notte, ha rotto le serrature nelle porte di sette colombai.... ed ha ridato la libertà a tutti i colombi!.. Anch'io ne avevo un paio... erano grigi... uccelli rari... ed anch'essi si sono perduti.

– Ha rubato? domandò l'amministratore con curiosità.

– No, non è quella la sua partita. È stato giudicato anche per furto; ma è stato dichiarato innocente. Non è un ladro, è semplicemente un burlone.... Ha fatto prendere il volo ai colombi, ed eccolo contento, – e si burla di noialtri che abbiamo la passione dei colombi... L'hanno già bastonato più d'una volta – ed una volta ha avuto una batosta tale che ha dovuto andare all'ospedale... Ma appena uscito, eccolo che ha fatto venire una quantità di diavoli nella stufa di una mia comare.

– Di diavoli? domandò l'amministratore, sorpreso.

– Quante sciocchezze! mormorò il redattore facendo un'alzata di spalle, e, con la fronte corrugata, si rimise a riflettere, mordendosi di nuovo le labbra.

– È la pura verità, ma non ho saputo esprimermi bene, disse l'impaginatore, confuso. Ecco vedete, Nicolka è un burlone... e ne sa di tutti i colori! Conosce la tipografia ed è incisore: ha anche lavorato con un ingegnere, specialista di canali idraulici... Dunque, la mia comare – ha una casa propria, è vedova di un pop – l'ha chiamato per fare fare una stufa. Ebbene, l'ha ricostruita secondo tutte le regole dell'arte; soltanto – vedete che mascalzone! – ha murato, in una parete della stufa, una bottiglia con del mercurio e degli aghi... e con qualche altra cosa che vi si mette dentro. Questo apparecchio produce un rumore – un rumore tutto speciale, sapete... una specie di gemito e di sospiro... ed allora si dice che la casa è visitata dai diavoli. Quando hanno acceso la stufa, il mercurio si è riscaldato nella bottiglia e si è messo a fermentare: allora gli aghi hanno incominciato a raschiare il vetro, come se qualcuno digrignasse i denti. Oltre agli aghi, vi si mettono pezzi di ferro vecchio, i quali producono suoni diversi – l'ago produce il suo, il chiodo il suo, e ne risulta una specie di musica diabolica... La mia comare è stata ridotta a mettere la casa in vendita, ma nessuno ha voluto comprarla – a chi può piacere una casa frequentata dai diavoli? Ha fatto dire tre Te Deum con acqua benedetta – è stato inutile!... Piangeva, povera donna!... Ha una figlia da maritare, delle galline – quasi un centinaio di galline, due vacche, in somma, una casa ben ordinata, ed ecco che le vengono dei diavoli! Aveva perduto la testa, faceva compassione solo a vederla... Ed è anche Nicolka che l'ha salvata, lo si può dire. «Dammi,» ha detto, «cinquanta rubli, e caccerò i diavoli!» Per incominciare, gli ha dato venticinque rubli, e poi, quando si è visto la bottiglia e si è saputo di che si trattava – allora, buona notte! non ha voluto più dargli un solo copeck... Anzi, da donna prudente, voleva ricorrere alla polizia, ma tutti gliel'hanno sconsigliata... Quel mariuolo di Nicolka ne sa tanti di questi scherzi!

– Ed è di uno di questi amabili «scherzi» ch'io sono ora la vittima!... Proprio io?.. esclamò rabbiosamente il redattore, e, strappandosi dal suo posto, si rimise a correre in tutti i sensi per la stanza... Oh! Dio mio! Che cosa sciocca, e stupida, e triviale!

– Eh, via! non prendete la cosa troppo sul serio... disse l'amministratore con fare conciliante. Farete una rettifica, spiegherete la cosa a modo vostro, e sarà finita... E, bisogna pur dirlo, questo giovanotto è interessantissimo – che il diavolo se lo porti! Ha messo dei diavoli nella stufa, ah! ah! ah!... In quanto poi a fargliela pagare – gliela faremo pagare, certo!.. Ma il briccone è intelligente ed ispira... come si dice?

E l'amministratore fece scoppiettare le dita al di sopra della sua testa e guardò la soffitta.

– È cosa che vi diverte? gridò il redattore con tono iroso.

– E perchè no? Non è forse divertente?.. E vi ha dipinto in modo abbastanza somigliante. È un mascalzone che ha spirito ed intelligenza! ribattè l'amministratore. A che articolo del codice pensate ricorrere per fare i conti con lui?

Il redattore corse vivamente verso l'amministratore.

– Sappiate, o signore, che non farò nessun conto con lui, nessuno! E non posso farlo, Vassili Ivanovitsc, giacchè quel fabbricante di diavoli ha ragione!.. Avvengono cose strane nella vostra tipografia... Ed io rappresento qui la parte dello stupido... per causa vostra... Sì, ha ragione –, ha ragione mille volte!

– Anche in quella piccola aggiunta che ha inserito nel vostro articolo? domandò con voce pungente l'amministratore, e fece una smorfia ironica.

– Ebbene... che cosa? Sicuro, anche in quella... Capite dunque, Vassili Ivanovitsc, siamo un giornale liberale...

– Che tira a due mila copie, comprese le spedizioni gratis, mentre il nostro concorrente tira a nove mila!

– Ebbene, e poi?

– Non c'è poi... è tutto!

Il redattore fece un gesto di disperazione con le braccia, e si mise di nuovo, con gli occhi spenti, a camminare in su ed in giù per la stanza.

– È una posizione invidiabile! brontolava egli, stringendosi ogni tanto nelle spalle; una posizione proprio invidiabile. Perseguitato da tutte le parti alla volta! Tutti i cani contro un solo, e questo solo con la museruola!... E quel miserabile operaio... Ah! Dio mio!

– Ma mandatelo a tutti i diavoli, e non ci pensate più! consigliò Vassili Ivanovitsc con un sorriso bonario, come stanco di tutte quelle emozioni e seccato di tutta quella storia. È una cosa che è venuta e che passerà... e vi riabiliterete presto... L'affare, in sostanza, è più comico che drammatico.

Con un gesto conciliante, alzò la sua mano grassoccia e si diresse verso la porta che conduceva al suo ufficio. Ad un tratto, quella porta si aprì, e, sulla soglia, apparve Gvosdef. Costui teneva il suo berretto in mano e sorrideva, ma con un'aria amabile.

– Son tornato per dirvi, signor redattore, che se avete l'intenzione d'intentarmi un processo, vi prego di dirmelo subito, – giacchè, siccome me ne vado da qui, capite, non vorrei essere ricondotto dai carabinieri.

– Vattene di qui! urlò il redattore, quasi piangendo di rabbia, e si precipitò verso la parte più lontana della stanza.

– Allora... siamo pari e pace, disse Gvosdef, rimettendosi il berretto sulla testa. Poi si voltò tranquillamente verso l'uscio e sparve.

– Oh! che canaglia! mormorò Vassilli Ivanovitsc, guardando Gvosdef che se ne andava; e, senza affrettarsi, con un sorriso sulle labbra, incominciò ad infilarsi il soprabito.

Un paio di giorni dopo la scena che abbiamo descritta, Gvosdef, vestito di un camiciotto bleu, stretto alla vita da un cinto di cuoio, colla testa coperta di un berretto bianco che gli cascava sulla nuca e con un grosso bastone nodoso in mano, se ne stava passeggiando lentamente sulla «Montagna». Così si chiamava un'altura che sormontava il fiume, al quale si poteva scendere per un leggero pendio. In tempi antichi, quella sponda era coperta di un bosco ceduo; ma poi era stato quasi tutto tagliato e non ne rimanevano che poche vecchie quercie e pochi faggi, piegati dal vento. Nuovi steli si avvolgevano intorno alle loro radici, cespugli circondavano i loro tronchi, e dovunque, in mezzo al verde, il pubblico, per passare, aveva formato sentieri che scendevano tutti verso il fiume. Un largo viale attraversava poi orizzontalmente «la Montagna» ed è più particolarmente lì che la gente veniva a passeggiare, formando due file che procedevano in senso inverso l'una dall'altra.

Piaceva a Gvosdef di andare a zonzo per quel viale, di andare e di tornare insieme al pubblico, di sentirsi libero come tutti gli altri, di aspirare liberamente l'aria profumata dall'odore delle foglie, di muoversi a suo piacere, di far parte di qualche cosa di grande e di sentirsi l'eguale di tutti.

Quel giorno, egli era un pochino brillo ed il suo volto butterato ed ardito aveva un'espressione benevola e socievole. Delle ciocche di capelli castagni si arricciavano sulla sua tempia sinistra e si rizzavano in alto: facevano graziosamente risaltare gli orecchi e si posavano elegantemente sull'orlo del berretto. Gvosdef aveva il suo aspetto spavaldo di robusto operaio, contento di sè stesso, pronto a cantare, a ballare, a fare a pugni, – secondo le circostanze – ed a bere qualche bicchierino di quello buono: sembrava che la natura, dandogli quelle ciocche ricciute, avesse voluto presentare al mondo Nicola Gvosdef come un giovanotto pieno di fuoco e conscio del proprio valore. Gettandosi attorno delle occhiate approvatrici, Gvosdef urtava in modo tutto pacifico i viandanti, i quali sopportavano quegli urti senza risentirsene; camminava sulle vesti delle signore, si scusava cortesemente, inghiottiva come tutti gli altri la sua porzione di densa polvere, e si sentiva felice e contento.

Attraverso il fogliame, si vedeva, all'altro lato del fiume, nei prati, tramontare il sole. Il cielo, da quel lato, era color porpora, caldo e mite: pareva invitare la gente verso quello che pareva essere il limite del verde scuro dei campi. Sotto i piedi dei viandanti si allungavano le ombre di tutti gli oggetti e la folla le calpestava senza saperne la bellezza.

La sigaretta, posta all'angolo sinistro delle sue labbra, dava a Gvosdef un'aria elegante ed alquanto fatua; lasciava sfuggire il fumo dall'angolo destro, esaminava il pubblico e aveva una voglia matta di conversare con qualcuno, bevendo un bicchiere di birra nel caffè al piede della «Montagna». Ma non incontrava alcun conoscente, e non trovava alcuna occasione propizia per attaccare discorso con uno sconosciuto. Malgrado il giorno festivo e la temperatura primaverile, i passanti parevano di cattivo umore, e benchè avesse già gettato parecchie occhiate in faccia alle persone che camminavano vicino a lui con un sorriso bonario e l'espressione di un uomo dispostissimo a far amicizia, nessuna rispondeva al suo umore socievole....

Ad un tratto, fra la quantità di nuche che si vedeva davanti, passò la nuca, a lui ben nota, del redattorecapo, Dmitri Pàvlovitsc Istomin. Gvosdef sorrise allegramento al ricordo del suo trionfo su quel signore, e si mise a guardare con piacere il cappello grigio di Dmitri Pavlovitsc.

Talvolta quel cappello, di forma bassa, scompariva dietro ad altri cappelli e ciò inquietava – non si sa perchè – Gvosdef, il quale si alzava allora sulla punta dei piedi per rivederlo; e, quando l'aveva ritrovato, sorrideva di nuovo.

Così mentre seguiva cogli occhi il redattorecapo, Gvosdef camminava e si ricordava dell'epoca in cui egli era il piccolo Nicolka, figlio del magnano, ed il redattore era Mitka, figlio della diaconessa. Avevano ancora un altro compagno che avevano sopranominato «lo zuccheraio», ed un altro ancora, Vaska Giukof, figlio di un impiegato governativo che abitava nell'ultima casa della strada. Era una buona vecchia casa, tutta coperta di muschio, alla quale erano appiccicate, da tutte le parti, altre casupole costruite dopo. Il padre di Vaska aveva un magnifico stormo di colombi. Si stava così bene nel cortile di quella casa per giuocare a mosca cieca, perchè il padre di Vaska, un avaraccio, vi conservava un ammasso di vecchie cose: carrette rotte, casse, barili sfondati... Adesso Vaska è il medico del distretto, e sul sito, occupato allora dalla vecchia casa, stanno ora i depositi della ferrovia.... E si ricordava pure degli altri compagni, tutti ragazzetti di otto a dieci anni. Tutti dimoravano allora all'estremità della città, nella strada Umida. Vivevano in ottima intelligenza fra di loro ed in perpetua ostilità con i monelli delle altre vie vicine. Saccheggiavano gli orti ed i giardini; giuocavano agli aliossi, ad altri giuochi infantili, andavano a scuola.... Un venticinque anni erano passati da quell'epoca.

In quel tempo – ed era passato – c'erano monelli, birichini e sporcaccioni, come Nicolka, come il figlio del magnano, i quali sono oggi uomini importanti... Nicolka si è impaniato in quella strada Umida, mentre essi, terminata la scuola elementare, avevano continuato gli studi al ginnasio... Lui, invece, no... Se tentasse di conversare col redattore? Dirgli «buona sera» ed intavolare una conservazione? Per incominciare, domandargli scusa dello scandalo, e poi parlare, ma così, in generale, della vita?..

Il cappello del redattore appariva e scompariva sempre davanti agli occhi di Gvosdef, come se avesse voluto attirarlo, – e Gvosdef si decise: il redattore camminava, appunto in quel momento, solo, in uno spazio libero, lasciato per poco sgombro dalla folla. Camminava sulle sue gambe esili in un calzone chiaro, mentre girava la testa ora da un lato, ora dall'altro, guardando la gente coi suoi occhi da miope. Gvosdef gli si accostò e gli gettò un'occhiata amabile, spiando un momento favorevole per salutarlo, e, nello stesso tempo, era punto dall'acuto desiderio di sapere in qual modo il redattore lo avrebbe accolto.

– Buona sera, Mitri Pàvlovitsc!

Il redattore si voltò, sollevò leggermente il cappello con una mano, si acconciò gli occhiali sul naso con l'altra, riconobbe Gvosdef e si fece serio, serio.

Ma questa circostanza non sconcertò affatto Nicola Gvosdef, – al contrario, si chinò con un'aria ancora più amabile verso il redattore ed esalando l'odore dell'acquavite che aveva bevuto, gli domandò a bruciapelo:

– State facendo la vostra passeggiatina?

Il redattore si fermò un istante; le labbra e le narici gli fremettero dal disgusto, e, con aria asciutta, gli buttò in faccia queste parole:

– Cosa desiderate?

– Io? Nulla! È così... Fa bel tempo oggi... Ed avrei piacere di parlare con voi di quell'affare.

– Non desidero parlare con voi di alcun affare, dichiarò il redattore, affrettando il passo. Gvosdef lo imitò.

– Non desiderate?.. Comprendo perfettamente... Siete nel vostro dritto... Comprendo benissimo anche questo... Giacchè vi ho svergognato, è naturale che l'abbiate con me...

– Siete ubbriaco... disse il redattore fermandosi. E se non mi lasciate in pace, vi farò arrestare dalla polizia.

Gvosdef si mise a ridere.

– E perchè mai?

Il redattore gli gettò di sbieco uno sguardo pieno d'angoscia come chi si trova in una posizione spiacevole e non sa come uscirne. Il pubblico li guardava già con curiosità. Parecchie persone porgevano l'orecchie, fiutando uno scandolo. Istomin si guardava intorno, confuso ed imbarazzato.

Gvosdef se ne accorse.

– Andiamo un po' in disparte... volete? diss'egli; e, senza aspettare il suo consenso, spinse con la spalla Istomin, fuori del viale principale, verso un sentiero che scendeva per il pendio, fra cespugli.

Il redattore non protestò contro quest'abile manovra, forse perchè non ne ebbe il tempo, – forse perchè sperava, una volta fuori del pubblico, di potersi più facilmente liberare dell'importuno excompositore. Camminava lentamente, con precauzione, ponendo il bastone a terra, e Gvosdef lo seguiva, dicendo, come se parlasse al suo cappello, le parole seguenti:

– Ecco, a poca distanza da qui, c'è un albero caduto, sul quale potremo sederci... Voi, Mitri Pàvlovitsc, non dovete essere in collera con me. Scusatemi! L'ho fatto per dispetto. Talvolta, noialtri, siamo tormentati da una collera tale che non la si può neanche annegare nel vino... Ebbene! in un momento di quella specie, si va fino al punto di fare uno scherzo di cattivo genere ad una persona qualunque, di dare uno schiaffo ad un passante, o qualche cosa di simile... Non mi pento... Quel che è fatto, è fatto!.. Ma è possibilissimo ch'io abbia oltrepassato i limiti... ch'io sia andato troppo oltre...

Sia che il redattore fosse commosso da quella franca spiegazione, sia che la persona di Gvosdef avesse svegliato la sua curiosità, sia infine che avesse capito che non c'era mezzo di sbarazzarsi da un uomo simile, fatto sta che gli chiese:

– Di che volete parlare?

– Ma così... di tutto! La mia anima si rattrista perchè risente l'offesa che le si fa... Sediamoci qui.

– Non ho tempo...

– Lo so... il giornale! Mangerà, divorerà la metà della vostra vita... ci consumerete la salute... Capisco perfettamente!.. Lui, l'amministratore, che cos'è? Lui, ha il suo danaro nel giornale – voi, il vostro sangue!.. Ecco, gli avete di già sacrificato gli occhi a forza di scrivere... Sedetevi.

Davanti ad essi, lungo il sentiero, giaceva un grosso tronco d'albero, avanzo a metà imputridito di una vecchia quercia. I folti rami di un nocciuolo si abbassavano al di sopra di quel tronco, formando un tetto di verdura. Attraverso i rami si vedeva un po' di cielo, già invaso dai colori sbiaditi del tramonto;

un forte odore di piante riempiva l'aria. Gvosdef si sedette sul tronco caduto, e rivolgendosi al redattore, che stava ancora in piedi, guardandosi intorno con aria indecisa, si rimise a parlare:

– Ho alzato un poco il gomito quest'oggi... Il vivere mi dà noia, Mitri Pàvlovitsc!.. I miei compagni, gli operai, non fanno più per me, – non so com'è avvenuto, ma me ne sono distaccato: ho in testa una direzione d'idee affatto differente... Vi ho veduto questa sera e mi sono ricordato che, anche voi, siete stato il mio compagno...

Si mise a ridere perchè il redattore lo guardava con cambiamenti di fisonomia così rapidi che il suo volto assumeva infatti espressioni ridicole.

– Il vostro compagno?... E quando?

– Oh! molto tempo fa, Mitri Pàvlovitsc.... Dimoravamo nella strada Umida... ve ne ricordate? Alla distanza di una casa l'uno dall'altro; e, dirimpetto a noi, c'era Miscka il magnano, attualmente Mihàil Jefimovitsc Krulef, giudice istruttore – il quale viveva con suo padre... quell'uomo così severo. Vi ricordate di Jefimitsc, che ci ha così spesso tirato peri capelli?.. Ma sedetevi!

Il redattore fece un leggero cenno con la testa e si sedette accanto a Gvosdef. Lo guardava come chi vuol ricordarsi di qualche cosa dimenticata da lungo tempo, e si stroppicciava la fronte.

E Gvosdef continuava ad evocare i suoi ricordi.

– Che buona vita facevamo allora! E perchè mai l'uomo non rimane fanciullo tutta la sua vita? Si fa grande – perchè? Per poi scomparire nella terra!... Tutta la vita, non fa altro che subire ogni specie di sventure... Alla fine s'inasprisce, si abbrutisce... Che farsa!... Eccolo che vive... vive... ed alla fine di questa sua vita, niente altro che sciocchezze... Una bara, e poi nulla!.. Invece, in altri tempi, vivevamo senza l'ombra di un'idea triste... Tutto era gaio: eravamo veri uccelletti! Correvamo quà e là, scalavamo le siepi per andare a cogliere le frutta degli altri... Vi ricordate di quel giorno in cui, nell'orto della Petrovna, in una nostra escursione, vi ho gettato un cetriuolo in faccia? Vi siete messo a gridare ed a piangere ed io son fuggito a gambe levate... Poi siete venuto con vostra madre a casa mia per lagnarvi a mio padre, e che mio padre mi ha frustato di santa ragione?.. E Miscka, oggigiorno Mihàil Jefimovitsc...

Il redattore ascoltava e sorrideva senza volerlo. Avrebbe ben voluto restare serio e conservare la propria dignità davanti a quell'uomo che si mostrava propenso alla familiarità. Ma vi era qualche cosa di commovente in quei racconti dei giorni sereni dell'infanzia, e, nel modo in cui Gvosdef parlava, le intonazioni che potevano minacciare l'amor proprio di Dimitri Pàvlovitsc non suonavano ancora troppo penosamente offensive... E poi, si stava così bene in quel sito! Al di sopra di loro, la sabbia del viale superiore strideva sotto i passi della gente che vi passeggiava; talvolta si udiva una risata; le parole giungevano monche, ma il vento sospirava – e tutte le voci e tutti i rumori si fondevano nel melanconico mormorìo del fogliame. Ed allorchè quel mormorìo taceva, c'erano momenti di silenzio assoluto, come se, intorno ad essi, tutto il creato avesse teso un orecchio attento alle parole di Nicola Gvosdef, che continuava a narrare storielle della sua infanzia.

– Vi ricordate di Vàrienka, la figliuola del pittore di stanze? Ora è moglie dello stampatore Sciapòscnikof. È diventata una gran dama – si ha quasi paura di passarle accanto... ed era allora una fanciulletta gracile e malaticcia... Vi ricordate che una volta era sparita e che noialtri, tutti i monelli della strada, andammo a cercarla per i campi e nei burroni. Fu ritrovata nell'accampamento militare, fuori la città, e fu ricondotta in casa attraverso i campi... Quanto se ne parlò allora!... Suo padre ci offrì del pan pepato, e Varka, appena vide la madre, le disse: «Sono stata dalla moglie dell'ufficiale, la quale mi ha invitato di diventare sua figlia!» Eh! eh! altro che sua figlia!.. Che bella ragazzetta era allora!

Suoni indistinti salivano dal fiume, come il sospiro di qualche petto gigantesco che soffrisse. Passava un vapore ed il rumore dell'acqua agitata dalle ruote vibrava nell'aria. Il cielo era roseo, mentre che intorno a Gvosdef ed al redattore, le tenebre incominciavano a farsi più dense. La notte primaverile veniva lentamente. Il silenzio diventava più completo, più profondo, e, come soggiogato dalla quiete, Gvosdef abbassò la voce.... Il redattore l'ascoltava senza parlare, evocando nella sua memoria le scene del passato da lungo tempo svanito. Sì, tutto ciò era stato – e tutto ciò era stato migliore di quel che era allora. È nella sola infanzia che è possibile avere l'anima libera, scevra dal peso delle catene che si chiamano le condizioni della vita. Le dolorose congestioni della coscienza sono sconosciute all'infanzia com'è pure ignota la menzogna, salvo quella menzogna infantile, così inocua. Quante cose sono ignote all'infanzia, e quant'è bella quell'ignoranza! Intanto si vive – e la comprensione della vita si allarga mano mano... Perchè si allarga se si muore senza aver capito nulla?

– E così, Mitri Pàvlovitsc, vedete dunque che siamo uccelli dello stesso nido... Sicuro!.. Ma i nostri voli sono stati differenti.. E quando penso che l'unica differenza che c'è fra me ed i miei compagni d'infanzia consiste unicamente nel fatto che non sono andato a ficcarmi il naso nei libri in qualche ginnasio – allora mi sento un'amarezza ed una nausea... Forse che, tutto l'uomo è lì dentro? Forse è la sola istruzione che fa l'uomo? L'uomo è nell'anima, nei sentimenti pel prossimo – e che valore ho io ai vostri occhi? Nessuno! È forse giusto?

– È giusto! disse il redattore con tono distratto, ma sincero.

Ma Gvosdef si mise a ridere, e riprese:

– Un momento!.. Permettete! Che cosa è precisamente giusta?.... È forse giusto che io, per voi, sia una cosa vuota?... Che io esista o no, è tutt'uno per voi – ve ne curate come d'un fico secco! Che bisogno avete della mia anima? Sono solo al mondo, e tutte le persone ch'io conosco sono seccate a morte di me – perchè ho un'indole cattiva e che mi piace fare degli scherzi alla gente. Però anch'io ho sentimenti ed intelligenza... Mi sento offeso della posizione che occupo nella vita.... In che cosa sono inferiore a voi?.. Solo a causa del mio mestiere....

– Sì... è così! disse il redattore, con la fronte corrugata. Fece una pausa, e continuò con un tono di voce, nel quale c'era una nota conciliante: Ma, vedete, qui bisogna applicare un altro punto di vista...

– Mitri Pàvlovitsc! A che serve un punto di vista? Non è mica d'un punto di vista che l'uomo deve dar prova di simpatia pel suo simile, no! ma per impulso del cuore! Cosa significa un punto di vista? Io parlo dell'ingiustizia della vita. Si può forse illudermi con un punto di vista?... Mi sento oppresso nella vita – sono impedito nei miei movimenti... Perchè non sono un dotto? Ma se voialtri, dotti, ragionaste, non di punti di vista, ma di qualche altro modo, non dovreste dimenticarvi di me, frutto dello stesso vostro campo, ma trarmi a voi, in alto, fuori dall'ignoranza nella quale marcisco, e fuori dall'amarezza dei miei sentimenti. E con i vostri punti di vista, dite, non dovete farlo?

Gvosdef ammiccò coll'occhio, e, trionfante, guardò il suo interlocutore in faccia. Si sentiva ben disposto quella sera e dava sfogo a tutta la sua filosofia, frutto di lunghi anni di lavoro incoerente od improduttivo. Il redattore era confuso davanti a quell'attacco e si sforzava di determinare fra sè cosa fosse quell'uomo e che cosa si potesse opporre ai suoi discorsi. E Gvosdef, come ubbriacato dalle sue stesse parole, continuava:

– Siete uomini intelligenti e mi farete cento risposte, e tutto sarà: No, non dobbiamo! Ed io, invece, vi dico: Dovete!... Perchè? Perchè io e voi, siamo gente della stessa strada, della medesima provenienza... Voi non siete i veri signori della vita, non siete i nobili... Con costoro, il nostro conto è fatto subito: ci diranno: «Vattene al diavolo!» e ci andremo. Perchè costoro sono aristocratici fin dall'antichità, mentre voialtri siete aristocratici perchè sapete la grammatica, ed il resto... Ma voialtri, siete dei nostri, e posso pretendere da voi che mi mostriate il cammino della vita. Appartengo alla piccola borghesia, e Krulef pure, ed anche voi, che siete figlio d'un diacono...

– Ma, permettete, disse il redattore in tono quasi supplichevole; vi nego forse il dritto di pretendere?

Ma interessava ben poco Gvosdef di sapere ciò che negava od ammetteva il redattore; sentiva il bisogno di dirgli quello che aveva da dire, e si sentiva capace, in quel momento, di dire tutto ciò che l'aveva preoccupato e tormentato.

– No, permettete! riprese egli, e, questa volta in un mormorio misterioso, chinandosi verso il redattore, con gli occhi animati e scintillanti. Pensate forse che è piacevole per me di lavorare ora per i compagni ai quali davo pugni in faccia in altri tempi? Mi è forse piacevole di ricevere dal signor giudice istruttore Krulef, in casa di cui ho riparato i cessi, ora sarà un anno, di ricevere –dico – quaranta copeck di mancia?... da lui, che è un uomo dello stesso grado mio?... che si chiamava Miscka lo zuccheraio... che ha ancora i denti guasti, come li aveva anche allora?...

Qualche cosa di soffocante gli salì in gola, tacque per un momento; poi, di botto, gli sfuggì di bocca una bestemmia così oscena e così cinica che il redattore trasalì e si fece indietro. Dopo quel grido, Gvosdef si avallò, per così dire, di un tratto, come se il fuoco si fosse spento in lui. Stette un momento così, interrogandosi, e non sentì più in fondo al cuore nulla da dire.

– Non c'è altro! disse con voce sorda.

In lui si fece ad un tratto il vuoto, e la sensazione di quel vuoto gli arrecava una specie di snervamento.

Il redattore lo osservava di soppiatto e cercava frattanto quel che avrebbe potuto dirgli. Bisognava dire qualche cosa di buono, di vero, di sincero; ma, in quel momento, non trovò in sè, nè in testa nè in cuore, quello che gli sarebbe abbisognato. Era già da un pezzo che tutte le conversazioni sulle idee «alte» destavano in lui una sensazione di noia e di stanchezza. Quella sera era uscito per ripararsi, e, per aver pace, aveva, a bella posta, evitato qualunque incontro coi suoi conoscenti, – ed ecco, che era venuto quell'uomo, coi suoi discorsi!

Certo, in quei discorsi, come in tutto ciò che dicono gli uomini, c'era una particella di verità, – quei discorsi non erano privi di un certo interesse e potevano fare il soggetto di un articolo di giornale... Ma bisognava pure dirgli qualche cosa:

– Tutto ciò che avete detto or ora, non son cose nuove, incominciò Dmitri Pàvlovitsc, son anni ed anni che si parla dell'ingiustizia dell'uomo verso il suo prossimo... Ma, forse, i vostri discorsi sembrano una novità, perchè, finora, erano uomini d'un'altra condizione che parlavano così... Formulate le vostre idee in un modo alquanto unilaterale e falso... ma...

– Ancora il vostro punto di vista! interruppe Gvosdef, con una risatina ironica. Ah! signori, signori miei! Avete intelligenza, sì! ma il cuore, a quanto pare... Orsù! ditemi qualche cosa che convenga appunto al male di cui soffro, ecco!

Pronunciò queste parole con la testa abbassata, e rimase così in attesa di una risposta; l'angoscia cominciava di nuovo a stringergli il cuore.

Il redattore lo guardò nuovamente con la fronte corrugata: aveva una grande voglia di andarsene. Gli sembrava che l'ubbriachezza invadesse sempre più Gvosdef e che era per questa ragione che si era così accasciato dopo i suoi discorsi esaltati. Guardò il berretto bianco, che gli era caduto sulla nuca, le gote butterate ed i brividi provocanti di Gvosdef, misurò cogli occhi tutta la sua persona robusta e nervosa, e pensò fra sè che era l'operaio tipico, e che se...

– Ebbene? domandò Gvosdef.

– Ebbene! cosa posso dirvi? A dirvi francamente, non mi sono ancora fatto un'idea netta e precisa di quello che avreste voluto sentire.

– È precisamente così... Non potete dirmi nulla! replicò Gvosdef, con la solita sua risatina.

Il redattore sospirò con un certo sollievo, supponendo con ragione che la conversazione fosse finita e che Gvosdef non lo importunerebbe più con domande imbarazzanti. Poi, gli venne ad un tratto questo pensiero:

– E se, per caso, mi battesse?... È così cattivo!

L'espressione del volto di Gvosdef durante la scena che si era svolta nella sala di redazione gli tornò alla memoria, e lo guardò di sbieco con occhio sospettoso.

Era già notte. Il silenzio era interrotto da canti lontani che venivano dalla direzione del fiume. Si cantava in coro e le voci di tenore arrivavano indistinte. A traverso il fogliame degli alberi si vedevano le stelle. Ogni tanto, un ramo si agitava e si sentiva un leggiero fremito di foglie.

– Ora verrà la rugiada... disse il redattore con tono prudente. Gvosdef trasalì e si voltò verso di lui.

– Che cosa avete detto?

– Dico che verrà la rugiada, – ed è poco sano.

– Ah! ah!

Ci fu un silenzio. Un grido risuonò sul fiume:

– Eh! dalla barca!

– Me ne vado, disse il redattore. A rivederci!

– E se bevessimo un po' di birra? propose bruscamente Gvosdef. Poi aggiunse con una risatina: Fatemi quest'onore!

– Scusatemi... non posso a quest'ora. E poi, è tempo, sapete... Gvosdef si alzò e guardò il compagno con aria di cattivo umore. Dmitri Pàvlovitsc si alzò pure e gli tese la mano.

– Dunque, non volete bere un po' di birra con me?.. Ebbene, che il diavolo vi porti!... terminò Gvosdef, rimettendosi il berretto in testa con un gesto assai brusco. – L'aristocrazia! Due per un copek! Ebbene, mi ubbriacherò da solo!...

Il redattore gli voltò bravamente le spalle, e si mise a risalire il suo sentiero, senza dir una sola parola. Quando gli passò davanti, ritirò la testa fra le spalle, come se si fosse aspettato di ricevere una mazzata. Gvosdef camminò a gran passi nella direzione opposta.

– Eh! là... dalla barca!... Diavoli!... Venite dunque!...

E l'eco spandendosi mollemente fra gli alberi ripetè:

– Unque!

L'ANGOSCIA

Avendo finito le sue preghiere, Tihon Pàvlovitsc si svestì lentamente, e, grattandosi la schiena, si avvicinò al letto chiuso interamente da cortinaggi di cotonina a fiorami.

– Dio ci tenga nella sua santa custodia! mormorò; poi sbadigliò con forza, si fece il segno della croce sulle labbra, scostò il cortinaggio e si fermò a guardare il grosso corpo di sua moglie, coperto dalle pieghe molli del lenzuolo.

Dopo aver esaminato con attenzione e minuziosamente quell'ammasso immobile di carni grasse, schiacciate dal sonno, Tihon Pàvlovitsc aggrottò fortemente i sopraccigli e disse sottovoce:

– Che corpaccio!

Poi si voltò verso la tavola, spense il lume e si rimise a brontolare:

– Ti avevo pur detto, bestiaccia, andiamo a dormire nel fienile; no, non ci è andata! Scostati dunque un poco, bestia!

E avendo lanciato a guisa di avvertimento un pugno nel fianco della moglie, le si coricò allato senza però coprirsi col lenzuolo, dandole per giunta una forte gomitata.

La donna mugolò, si mosse, gli voltò le spalle, e ricominciò a russare. Tihon Pavlovitsc emise un sospiro di noia, e attraverso la fessura delle cortine, si pose a guardare il soffitto, su cui tremolavano delle ombre formate dalla luna e dalla lampada costantemente accesa e posta in un angolo innanzi all'immagine del Salvatore raccolto da Santa Veronica. Unitamente al soffio tiepido della notte, penetrava dalla finestra aperta il mormorio delle foglie, l'odore della terra e della pelle del cavallo baio, scuoiato quella mattina stessa e appiccicata contro il muro del granaio.

Si udiva pure un lieve rumorio delle gocce che cadevano dalla ruota del mulino; laggiù, nel bosco, dall'altro lato della diga, un gufo gemeva; il suono, lugubre, lamentoso, spaziava lentamente nell'aria; quando cessava, il fogliame degli alberi stormiva più fortemente, quasi che ne avesse avuto paura. Qua e là, risuonava il ronzio acuto di qualche zanzara.

Dopo aver seguito per qualche tempo con gli occhi le ombre che si muovevano sul soffitto, Tihon Pavlovitsc li diresse verso l'angolo più importante della camera. Agitata dal vento, la piccola fiamma della lampada ammiccava dolcemente; a quello scherzo, la bruna faccia del Salvatore ora si rischiarava, ora si oscurava, e parve a Tihon Pavlovitsc che Egli pensasse a qualcosa di grande e di penoso. Sospirò e fece di nuovo il segno della croce con compunzione.

Un gallo cantò in qualche parte.

– Possibile che sia già mezzanotte? chiese a sè stesso Tihon Pavlovitsc.

Un altro gallo cantò, poi un terzo... e altri ancora. In ultimo, da qualche angolo dietro il muro, il Rosso gridò a squarciagola, il Nero gli rispose dal pollaio, e questo, messo sull'avviso, annunciò la mezzanotte a voce alta e provocante.

– Maledetti demoni! disse Tihon Pavlovitsc, dimenandosi tutto incollerito; non posso addormentarmi... Possiate crepare tutti!

Lanciata questa bestemmia, si sentì, quasi, più tranquillo: la maledetta, incomprensibile tristezza che si era impadronita di lui dopo il suo ultimo viaggio in città, l'opprimeva meno quando andava in collera; e quando usciva dalla grazia di Dio, spariva quasi completamente. Ma tutto, in quegli ultimi giorni, andava così bene, così quietamente in casa, che non c'era stato modo di andare in bestia per sfogarsi un po', non c'era stato alcun motivo per pigliarsela con qualcuno. Tutti facevano il loro dovere, avendo notato che «il padrone aveva la luna a rovescio.» Tihon Pavlovitsc vedeva che la sua gente aveva paura di lui e si aspettava una bufera, e, cosa mai accadutagli prima d'ora, sentiva di aver torto di fronte a tutti. Era umiliato che tutti avessero quei visi arcigni e cercassero di evitarlo, e quella sensazione penosa ed incomprensibile che aveva portato con sè dalla città, s'impadroniva sempre più di lui.

Anche Kusma Kossiak, il nuovo garzone, del governo di Orel, giovinotto molto gaio, burlone e vigoroso, dai ridenti occhi turchini, con due file di denti piccoli e bianchi come la spuma del mare, messi sempre in evidenza dal sorriso provocante, quello stesso Kusma che aveva una lavata di capo ogni cinque minuti, si era fatto rispettoso e ossequente, non cantava più le sue canzoni che lo avevano reso famoso, non lanciava più i suoi frizzi mordaci, molte volte bene appropriati; e osservando tutto questo, Tihon Pavlovitsc pensava con rammarico: «Sono diventato probabilmente un vero demonio!» E pensando questo, si lasciava sempre più dominare da un non so che, che gli rodeva continuamente il cuore.

Tihon Pavlovitsc godeva a sentirsi contento di sè stesso e della sua vita, e quando provava questo, si montava volontariamente la testa pensando alle sue ricchezze, al rispetto che i suoi vicini gli testimoniavano e a tutto quello che poteva rialzarlo ai propri occhi. I suoi di casa conoscevano questa sua debolezza, che poteva anche non costituire un'ambizione, ma soltanto il desiderio di essere soddisfatto e sano, di inebbriarsi il più possibile della sensazione di benessere e di salute. Questa disposizione di spirito suscitava in Tilion Pavlovitsc una specie di benevolenza su tutte le cose, e benchè questo non lo riducesse a trascurare i suoi interessi, pure gli aveva creato fra gli amici la reputazione di uomo di cuore e di buona indole. Ed ecco che questo sentimento saldo e pieno della gioia di vivere, si è dileguato, si è spento, lasciando il posto a qualcosa di nuovo, di penoso, d'incomprensibile e di oscuro.

– Auf! Mio Dio! mormorò Tihon Pavlovitsc, sdraiato accanto alla moglie, tutto intento ai molli sospiri della notte, penetranti dalla finestra.

Ebbe caldo su quel letto di piume riscaldate; soffocava; si girò e rigirò inquieto, mandò a tutti i diavoli la moglie, mise i piedi a terra, e si asciugò la faccia bagnata di sudore. Alcuni tocchi di campana risuonarono al Bolòtnoie, villaggio posto a quattro o cinque verste dal mulino. I suoni metallici, melanconici, sprigionatisi dal campanile, spaziavano dolcemente nell'aria e si fondevano senza lasciar traccia. Un ramo scricchiolò in giardino; il gufo, nel bosco, gridò di nuovo col suo riso stridulo e triste, come se si burlasse di qualche cosa.

Tihon Pavlovitsc si alzò, si avvicinò alla finestra, e s'installò in una vasta poltrona di cuoio, che egli aveva comprato poco tempo prima per due rubli da una vicina rovinata, una vecchietta proprietaria. Quando il cuoio freddo toccò il suo corpo, egli trasalì e si volse indietro.

Un pauroso mistero emanava dalle cose. I raggi di luna penetranti in camera attraverso le piante poste sul davanzale della finestra, ed il fogliame del platano tracciavano sul pavimento un tremolante disegno di ombre. Una macchia, nel centro del disegno, rassomigliava molto alla testa della proprietaria della poltrona. Come all'epoca del contratto, quella testa, coi neri capelli arruffati, si dondolava con aria di rimprovero, e le labbra cadenti balbettavano, rivolte a lui, Tihon Pavlovitsc:

– Abbi timore del buon Dio, padre! Il defunto Fiodor Pètrovitsc comprò questa poltrona poco prima della sua morte e la pagò diciotto rubli. È forse molto tempo che è morto? È un mobile del tutto nuovo e tu ne offri un rublo o mezzo!

Anche il defunto Fiodor Petrovitso è lì, sul pavimento, con quella sua grossa testa piena di capelli, ed i grossi baffi, secondo l'uso dei Piccoli Russiani.

– Abbi pietà di me, Signore! mormorò Tihon Pavlovitsc.

Poi si alzò dalla poltrona, tolse i vasi di fiori dal davanzale della finestra, li posò a terra, e occupò il loro posto. Le ombre si disegnarono meglio e più nettamente sul pavimento.

La calma e la melanconia regnavano dietro la finestra. Gli alberi del giardino, immobili, sembravano riuniti dalla notte in un muro compatto, dietro il quale pareva ci stesse qualcosa di spaventoso.

E la ruota del mulino gocciolava con suono chiaro e monotono, come se misurasse il tempo. Gli steli lunghi delle malve che stavano sotto la finestra si dondolavano con moto sonnolento. Tihon Pavlovitsc si fece il segno della croce e chiuse gli occhi. Allora la sua immaginazione evocò lentamente quella storia della città, che l'aveva tanto disorientato.

Nella via polverosa, invasa dai raggi ardenti del sole, un corteo funebre s'inoltra lentamente. I paramenti sacri del prete e del diacono accecano col loro sfolgorio; l'incensiere suona tra le mani del diacono, lanciando dei piccoli batuffoli di fumo turchino che si dileguano nell'aria.

– Sanan... strascica con voce tenue un pretuncolo quasi vecchio.

– Scte! tuona con voce di basso profondo il diacono, un omaccione nero, con una foresta di capelli neri e grandi occhi buoni, che sorridono spesso.

– Deeus, dicono all'unisono le due voci, le quali, bruscamente confuse, se ne vanno su, su in alto verso il sole raggiante, dove tutto è così calmo e deserto.

– Immortalis! mugge il diacono, coprendo con la voce stentorea tutti i rumori della strada, lo stridore pelle vecchie carrozze, i passi sul selciato, e la voce rattenuta di una grande moltitudine di gente che accompagna il defunto.

Il diacono mugge, e spalancando gli occhi volge la faccia barbuta verso la folla, come se volesse dire: «Come l'ho modulata bene questa nota, eh?»

La bara contiene un signore vestito di uno stifellius, con la faccia magra e appuntita. Un'impronta grave e calma si è sparsa sul viso. La bara è portata con passo ineguale, e la testa del defunto rotola un po', quà e là, con un'espressione raccolta. Tihon Pavlovitsc getta uno sguardo sul viso del morto, sospira, si segna, e, trascinato dalla folla, segue la bara, guardando di tanto in tanto il diacono, che lo interessa con quel suo vocione e il corpo poderoso. Il diacono cammina e canta, e quando non canta, parla con qualcuno di quelli che gli stanno vicino. È evidente che l'uomo coricato nella bara non risveglia nel diacono nessun triste pensiero, come quello che anche lui, seguendo le leggi di natura, sarà un giorno portato così nella strada, per essere seppellito nella terra; e anche lui, coricato allo stesso modo nella bara, dondolerà un poco la testa, e non potrà più emettere la stessa nota.

E riuscendo sgradito a Tihon Pavlovitsc di guardare l'allegro diacono, si ferma; lascia passare buona parte del corteo, e chiede in ultimo ad un collegiale:

– Chi è quegli che si porta al camposanto, piccino mio?

L'altro si volge a guardarlo, ma non risponde; cosa che offende Tihon Pàvlovitsc.

– Guarda un po' questo bamboccio che non usa alcuna gentilezza verso i grandi! Meriteresti di essere frustato! Credi forse che non verrò a sapere ciò che voglio? Guarda che moccioso!

E andato oltre, si trova di nuovo vicino alla salma. La bara è portata da quattro uomini; uno cammina presto e non con lo stesso piede degli altri; un'altro scuote ogni poco la sua folta criniera rossa, e perde spesso le sue lenti.

«A quanto pare, il defunto è leggero, molto leggero, pensa Tihon Pàvlovitsc, forse un impiegato dello stato, – è gente che, per lo più, ha il ventre piccolo.» Si, cammina presto, come se l'uomo, coricato nella bara, avesse agito durante la sua vita in modo da farsi tollerare a stento, e che tutti, ora, fanno il possibile per sbarazzarsene al più presto. E Tihon Pàvlovitsc nota questo.

«Pare che siano frustati! Perchè tutti si affrettano così? E dire che sono persone timorate del buon Dio! Bisogna credere che finchè l'uomo viveva, tutti lo incensavano, mentre ora che è morto... lo gettano presto presto nella fossa: non c'è tempo da buttar via.»

E Tihon diventa triste: verrà il tempo in cui anch'egli sarà trascinato così: e forse fra breve. Egli ha quarantasette anni.

«E questo, che cos'è? chiede a sè stesso Tihon Pàvlovitsc, scorgendo sul coperchio della bara delle corone, dei nastri, con iscrizioni dorate e dei fiori. – Ah! sì, dev'essere stato certamente un uomo distinto... Ma quelli che l'accompagnano... dei poco di buono. Dei sudicioni... è evidente...»

– Chi è quegli che si porta a seppellire? chiede il mugnaio ad un signore elegantemente vestito, con occhiali e la barba arricciata, che gli passa vicino.

– Uno scrittore, risponde dolcemente l'altro, e dopo aver guardato con un'occhio il suo interlocutore aggiunge a mò di spiegazione: Un novelliere...

– Capisco, capisco! interrompe vivamente Tihon Pàvlovitsc. Noi riceviamo la Niva, e la mia figliuola la legge. Era un personaggio importante, questo defunto?

– No... non tanto... disse l'altro sorridendo.

– Ciò non dice nulla... Ad ogni modo, è un uomo di merito in faccia al mondo. Una la gloria del sole, una quella della luna... giacchè ciascun astro differisce di gloria dall'altro... Intanto, ci sono delle corone.. Come fa caldo, oggi!

Tihon Pàvlovitsc non sa spiegarsi perché il cuore gli dia tanta molestia; – ora pare che gli sfugga, ora che lo opprima dolorosamente.

E la bella voce del diacono canta sempre:

– Sancte immortalis!...

Mentre la voce tenue ed esile del prete, appena distinguibile da quella del diacono, prega dolcemente e paurosamente:

– Miserere!...

La folla che segue scalpiccia sordamente sollevando nembi di polvere; il morto dondola costantemente il capo, e il sole ardente di luglio splende con indifferenza su tutto.

Ed ecco che Tihon Pàvlovitsc è assalito da un grande abbattimento; non ha voglia nè di pensare, nè di parlare. Regola il suo passo su quello dei suoi vicini, e, assalito dalla latente disposizione della folla, va con lei; prova soltanto in fondo al petto quel noioso malessere, e non trova nè la forza nè la volontà di liberarsene.

Si giunge al cimitero, si fermano vicino alla fossa e si posa la bara sul rialzo formato dalla terra cavata dal fosso. Nel far ciò, si vede che non hanno nè capacità, nè abitudine di queste cose. Il defunto pende da un lato della bara, poi riprende la primitiva posizione; pare che egli si sia guardato intorno e sia contento che abbiano finito di scuoterlo e che ben presto cessino di farlo arrostire al sole. Il diacono si dà sempre un gran da fare, a scuotere l'aria con quel suo vocione; il prete lo segue sempre; qualcuno della folla sostiene il canto sottovoce. I suoni s'innalzano nel cimitero e si disperdono tra le croci e gli alberi rachitici, soffocando Tihon Pàvlovitsc.

Ed ecco ora la grossa faccenda!

Il signore ben vestito, quello stesso che Tihon Pàvlovitsc, aveva interrogato sul defunto, si avvicina all'orlo della tomba, e, dopo essersi passato usa mano fra i capelli, dice:

– Signori!...

E dice questa parola in modo tale che il mugnaio sospira, trasalisce e lo guarda con insistenza. Gli occhi del signore brillano stranamente, posandosi ora sulla bara ora girando intorno sul pubblico, e la pausa tra la sua esclamazione ed il principio del discorso è così lunga che tutti quelli che si trovano nel cimitero hanno avuto il tempo di zittire e di prepararsi ad ascoltare. E la voce dolce, di timbro metallico, così penetrante e così triste, si fa udire di nuovo. Quegli che parla ondeggia con moto armonioso la mano, che batte la misura delle sue parole. Tihon Pàvlovitsc capisce male ciò che dice quel signore, però capisce dal suo discorso che il defunto era povero, nonostante che per ben venti anni avesse sofferto per il bene degli uomini, che non ha avuto famiglia, che nessuno si è mai interessato a lui, nessuno l'ha apprezzato, e che è morto all'ospedale, solo, come lo è stato durante la sua vita.

Tihon Pàvlovitsc prova una grande pietà pel defunto e quella sensazione dolorosa che risente nel petto diventa più acuta. Egli si pone a guardarlo fissamente, misura con gli occhi il viso magro, macilento, il piccolo corpo rigido, e, ad un tratto, trova che il defunto rassomiglia ad un chiodo. Sorride a questo pensiero. In quel punto, il signore ben vestito, alzando la voce dice:

– «I colpi avversi del destino cadevano l'uno dopo l'altro sulla sua testa fino a ridurlo in questo stato, lui che si era dedicato interamente a quell'ingrato lavoro, oscuro preparativo per l'organizzazione di una vita migliore sulla terra per tutti gli uomini! Per tutti gli uomini, senza eccezione!...»

Appunto in quel momento, gli occhi dell'oratore si fermano sul viso di Tihon Pàvlovitsc, e, avendo scorto il suo sorriso, lanciano uno sguardo severo. Il mugnaio è pieno di confusione e retrocede, sentendo di aver torto e verso il defunto e verso quegli che ne parla.

Il sole scotta implacabilmente, il cielo turchino guarda con profonda calma il campo dei morti e la folla è aggruppata attorno alla tomba scavata, mentre la voce triste dell'oratore risuona sempre e va dritta all'anima.

Tihon Pàvlovitsc volge in giro la testa, osserva le faccie rattristate degli uditori, e sente che non lui soltanto, ma che tutti hanno l'animo assalito dall'angoscia.

– «Noi abbiamo gettato sulle nostre menti un cumulo di preoccupazioni quotidiane ed abbiamo preso l'abitudine di vivere senz'anima, e abbiamo preso così bene quest'abitudine, che non ci accorgiamo nemmeno fino a qual punto siamo diventati insensibili, come fossimo tutti di legno. E gli uomini come lui ci riescono incomprensibili.»

Tihon Pàvlovitsc ascolta: «Lui, è un morto, e tutti dunque, se si deve credere a quel signore, sono anche morti, perchè hanno l'anima sepolta sotto le macerie.»

«È proprio così! dice egli a sè stesso. È proprio così... Non ho forse dimenticato che ho un'anima? O mio Dio!»

Tihon Pàvlovitsc sospirò ed aprì gli occhi. Un soffio di aria tiepida pregna dell'odore dell'erba inumidita dalla rugiada, dei fiori e dell'acqua stagnante del laghetto, penetrò nella stanza dalla finestra aperta sul giardino e avvolse il mugnaio immerso nelle sue meditazioni. Le ombre proiettate sul pavimento tremavano più forte, come se tentassero di alzarsi e di volarsene via. Tihon Pàvlovitsc lasciò il davanzale della finestra, scostò di nuovo la poltrona e si avvicinò al letto. Buttata a traverso il letto di piume, sua moglie soffiava col naso e russava, con le braccia pienotte largamente aperte. Quelle braccia e quel petto scoperto parvero a Tihon Pàvlovitsc poco convenienti e provocanti in quel momento. Avendo buttato con collera il lenzuolo sul corpo della moglie, prese un guanciale, e, essendosi avvicinato di nuovo alla finestra, sedette nella poltrona, pose il guanciale sul davanzale, vi poggiò i gomiti e si diede a pensare. Dopo quel funerale qualcosa era sorto in lui che gli permetteva di considerare sè stesso come un essere del tutto estraneo, benchè conosciuto da lui, ma nuovo nello stesso tempo da qualche lato.

– Ahi, ahi, ahi, Tihon, ahi, ahi! mormorò egli scuotendo il capo. – Che è ciò, amico mio? si disse con accento di rimprovero, non si sa se per la vita anteriore, o per quella nuova vita d'angoscia che si preparava per lui.

E, non si sa perchè, ricordò uno stormo di piccioni bianchi svolazzanti al di sopra del cimitero, in quel giorno memorabile del funerale dello scrittore.

Rivide con gli occhi chiusi quei punti bianchi nel cielo turchino... e si fece di nuovo fra sè dei rimproveri...

«Ebbene, vecchio mio, sei preso in fallo, a quanto pare! Prova un po' a vivere, ora... C'è di che farsi cattivo sangue.»

E tutto, d'intorno, era così nettamente chiaro e silenzioso nello stesso tempo, come se si preparasse qualcosa d'incomprensibile, di pauroso. E le idee insolite, straordinarie, inquiete, le idee che mettono un freno al trantran usuale della vita, formicolavano sempre nella testa non abituata a ciò del mugnaio, apparivano l'una dopo l'altra e sparivano a vicenda, ma aumentando di volume e di peso, allo stesso modo di una leggera nuvoletta bianca apparsa nel più limpido cielo di estate e dileguata poi dai raggi del sole... a cui fanno seguito altre ed altre ancora fino a comporne una grossa nuvolaglia nera, minacciosa, invadente a poco a poco tutto il cielo. Una facoltà del tutto speciale, e sconosciuta fin'allora al mugnaio, si è sviluppata in lui da quei pensieri; una facoltà di osservar tutto e di ricordarsi, e di rispondere ad ogni quistione.

«Si ha forse bisogno di questo?»

Nessuno può sottrarsi all'assalto delle idee, che scombussolano la vita abituale; e l'implacabile domanda «Perchè?» può condurre tutti con la stessa facilità all'angoscia.

«Noi opprimiamo la nostra anima!» Il mugnaio si ricordava l'esclamazione dell'oratore, e le sue spalle si strinsero leggermente. Quell'uomo aveva gridato quelle parole con voce così penetrante, poi aveva sorriso con tanta tristezza! E Tihon Pàvlovitsc sentì la giustezza di quella frase.

– È proprio così, l'anima non vive. Sempre gli affari, scopo principale; e con ciò, non si ha tempo di pensare all'anima. Ed ecco che questa si ribella ad un tratto. Ha scelto un'ora vuota e si è fatta innanzi. Dove sono i tuoi affari? E perchè farne tanti, di questi, quando si deve morire lo stesso! A che ci prepariamo noi, se prendiamo la vita nuda nuda? Alla morte... Con che cosa andremo al cospetto del Signore? Ecco ciò che l'anima ci fa pensare: scuotiti dunque, o uomo, perchè la sua ora è sconosciuta... Signore, abbi pietà di noi!

Tihon Pavlovitsc trasalì, fece il segno della croce e lanciò uno sguardo nell'angolo sul volto del Salvatore.

Le ombre cagionate dal lampadario continuavano a tremolare su di esso; era così oscuro, così severo! Pareva pensare a qualcosa di grande e di penoso. Il mugnaio sentì un gran freddo nel petto. E se egli dovesse andare là subito... o domani... Sì, domani sarà morto d'un colpo. Ciò può accadere benissimo. Così, ad un tratto, senza malattia alcuna, cade, ed è morto...

– Anna! grida Tihon Pàvlovitse; svegliati, Anna, svegliati un solo momento, per amor di Dio! Ecco quà un uomo che si tormenta, ed essa dorme!

Ma la donna non ode, schiacciata dal sonno. Non avendo avuto alcuna risposta, Tikon Pavlovitsc si alzò, si vestì, e seguito sempre dal russare della moglie, uscì sul limitare della camera, vi rimase un momento, poi si diresse pian piano verso il giardino. Albeggiava. Una tenue striscia rosea, annunciante l'aurora, riposava sui lembi di una nuvola bleu scuro, immobile all'orizzonte. I platani ed i tigli ondeggiavano lievemente le loro cime: la rugiada cadeva a gocce invisibili.

Un asino ragliava laggiù, in lontananza, e nel boschetto, dietro lo stagno, uno stornello fischiava melanconicamente. L'aria è fresca... E lo stornello è lieto di vivere...

Che mente solida aveva quel signore! E quante grandi idee... Se si potesse parlare con lui a cuor aperto, mi spiegherebbe come e perchè... Posso fare qualcosa, così solo, da me? La mia testa non è certamente fatta per queste cose!

Il mugnaio chinò la testa poco adatta ai grandi pensieri, e continuò nonpertanto a pensare.

– Se andassi a Jamki a vedere il maestro di scuola? Anch'egli è un uomo importante. Pop Alessio dice che è lui che mi ha messo nel giornale. Che razza d'aspide gialla!

Tihon Pavlovitsc ricorda la vergogna provata quando sua figlia aveva letto nel giornale tutte le sue losche operazioni coi contadini di Kuruscino, e si era coperta il viso col giornale, domandando piano:

– Le cose sono andate proprio così, piccolo padre?

Egli era andato in collera.

– Tuo padre è forse un brigante! Credi tu che le cose siano andate così? Che impari dunque al ginnasio, sciocca che sei?

Eppure le cose erano andate appunto come le aveva descritte il maestro di scuola. Ma egli non poteva confessare questo a sua figlia. Poteva essa capirlo? Ora ha accomodato i conti con quei di Kuruscino; quando la sua diga è stata sul punto di rovinare, essi l'hanno consolidata, e in quell'occasione hanno ripreso la metà del loro avere; l'hanno scorticato, a tre rubli a testa. Ribellarsi? Non ne vale la pena.

Ed egli, il padrone, ne sapeva qualcosa. Qualcuno gli aveva detto:

– Ebbene, voi, commerciante, avete dovuto chinare il capo e accettare i patti? E rideva, con quella sua faccia gialla, emaciata, severa! Non siete mica forte, sapete, commerciante! Avido sì, ma non forte.

Il mugnaio era andato su tutte le furie, ma sentiva che era vero! Vero che era avido, e vero pure che non era forte.

– Ma non farà mai giorno, oggi, mio Dio? pensò egli con ansietà. Sì, tra breve! La striscia rosea posata sul lembo della nuvola si era allargata e resa più viva.

Si udì il suono di voci provenienti da qualche parte. Il mugnaio si avvicinò alla siepe e si coricò sopra una panca posta al lato, provando un vago malessere causato dall'insonnia. E le voci umane, sonore nell'aria crepuscolare, si avvicinavano sempre.

– Non chiedere ciò, Motria, non perdere inutilmente il fiato... Io non rimarrò qui!

Tihon Pavlovitsc trasalì, e appoggiato al gomito, si sollevò sulla panca. Proprio lì dietro la siepe, nel folto delle piante di visciole, qualcuno parlava. Era Kusma Kossiac, il garzone, in compagnia di qualcuno.

– Non pregare, ti dico! Lo stare qui, sorpassa le mie forze; me ne andrò su quello di Kubàn.

– E io, Kusia? Che ne sarà di me, te lontano? Io ti amo, diletto mio, ti amo con tutta l'anima! rispondeva una voce bassa di contralto.

– Eh! Motria! Molte mi hanno già amato, e ho detto addio a tutte, e tutto si è dimenticato. Esse si sono maritate dopo, e si sono imputridite nel lavoro! Le incontro qualchevolta; le guardo e non credo ai miei occhi. Sono forse le stesse che io baciavo, che accarezzavo? Oh! la, la! Tutte una più strega dell'altra. No, Motria, io non sono fatto pel matrimonio, credimi, sciocchina mia! Non rinuncierei alla mia libertà per nessuna donna, nè per qualsiasi bella casa. Dicono che io sia nato sotto una siepe, e morrò allo stesso modo. Questo è il mio destino. Andrò sempre in giro fino a che avrò i capelli bianchi... Allo stesso posto?.. no, ciò mi annoia.

– E io, Kusia, e io? Cosa farò quando sarai partito? Pensaci! Non mi ami forse più? Non hai più pietà di me?

– Tu, dici, tu... Ti lascerò qui... sposerai il vedovo Cekmaref... Egli ha dei figli, ma ciò non toglie ch'egli sia un buon contadino.

– Tu non mi ami più!... e queste parole parvero uscire come un soffio dalle labbra della donna.

– Non ti amo!... Bisogna dire che ti amo, se sto a parlarti. Se non ti amassi, non starei con te. Quando si perde il tempo con le ragazze è segno che le si ama... se non le si amasse... a che servirebbero, dunque? Io ti compiango, ma a che prò? Uno compiange più sè stesso. Sarebbe stato assai peggio se ci fossimo separati bisticciandoci. Non è forse così? Mentre ora, vedi, tutto va da buoni amici, da innamorati... è più bello! Dunque, io andrò da un lato; e tu dall'altro! ciascuno seguendo il proprio destino. Inutile parlare. Suvvia, abbracciami un'altra volta, tortorella mia!

L'orecchio di Tihon Pàvlovitsc distinse il suono di baci, che si fusero con lo stormire del fogliame. Lo stornello finì per cantare più forte e più allegramente; i galli, dietro il mulino, salutarono il giorno che veniva incontro alla terra ridestata.

– Oh, mio caro... mio buon Kusia! Prendi con te questa sventurata! diceva ancora la fanciulla con voce soffocata.

– Ecco che ricomincia con la solita canzone! L'abbraccio, le parlo come ad una persona ragionevole, ed essa mi si appende al collo come una pietra. Ecco come sono le ragazze. Sempre le stesse!

– Ma non sono forse una creatura umana?

– E che vuoi dire con ciò? Sì, sei una creatura umana. E io, cosa sono io? Non sono forse un uomo? Mi vieni a dire certe cose...! Ci siamo riavvicinati di buon accordo: ebbene! il momento è venuto ora di separarci. E bisogna far ciò pure di buon accordo. Tu hai bisogno di vivere... ed anch'io ho bisogno di vivere... Quindi non dobbiamo darci noia scambievolmente... bisogna vivere ad ogni modo – e bisogna darsi da fare. Ecco che tu piagnucoli! Scioccherella! Ricordati piuttosto quanto sia dolce lo stare abbracciati e darsi dei baci, anima mia... dolcezza mia!

Si udì di nuovo il suono di altri baci, interrotti da un mormorio appassionato, soffocato, e da profondi gemiti e sospiri.

Un fremito percorse ad un tratto le cime degli alberi e tutt'intorno e nel cielo istesso, e tutto parve sorridere con sorriso fresco, roseo – era il primo raggio di sole che guardava la terra. E come a salutarlo, un mormorìo carezzevole si sollevò dal giardino addormentato, e alitò un venticello fresco, vivificante, tutto profumi.

I discorsi sonori in voce di tenore di Kusma Kossiac, pieni della coscienza della propria indipendenza e del convincimento del suo diritto, il contralto anziosamente appassionato della giovinetta, mitigarono il sordo dolore nel petto di Tihon Pàvlovitsc.

– Ah, il diavolo! esclamò egli mentalmente all'indirizzo del garzone. Che furbo matricolato!

E invidiò quell'uomo allegro, libero, per la sua scienza della vita, per la sua convinzione di aver ragione; poi il mugnaio si vergognò di qualche cosa: non sapeva bene se di aver ascoltato di nascosto quel duetto, oppure di averlo invidiato.

Si alzò, sospirò e volle rientrare in casa.

– È tempo che io vada al lavoro, Motria! Tu capisci, eh? vieni tra poco!

– Non sarei venuta, ma non posso fare ammeno di venirci! disse con un gemito la fanciulla.

– Non essere tanto in pena, va! Il tempo asciugherà le tue lagrime. E fino a quel tempo ci rivedremo più di una volta. Non è vero? Addio, pallottola mia!.

La siepe scricchiolò dietro la schiena di Tihon Pàvlovitsc.

– «Come il vento nelle steppe vola e scherza....» Oh! oh!... buongiorno, padrone!

Tihon Pàvlovitsc si tolse il berretto e guardò confuso il suo garzone.

– Buongiorno!

L'altro se ne stava innanzi a lui in atteggiamento libero e forte; il largo petto bruno, sollevato ritmicamente dal respiro eguale e profondo, appariva dalla camicia rossa semiaperta; i baffi rossi avevano dei piccoli movimenti beffardi; i denti bianchi, bene allineati, brillavano sotto i baffi; i grandi occhi turchini ammiccavano astutamente, e tutta la persona di Kusma parve al suo principale così fiera ed imponente che il mugnaio provò il desiderio di andarsene al più presto, perchè il garzone non si accorgesse della sua superiorità sul padrone.

– Ti diverti sempre, eh?

– Perchè non divertirsi finchè se ne ha la voglia ed il tempo? Lavorerò a suo tempo. Cosa devo macinare prima? il grano del pop o l'altro? Bisognerebbe occuparsi pure della macchina. Macina, è vero, ma fa troppo spreco...

– Sì, si potrà... Ecco, vado... disse Tihon Pàvlovitsc, e, bruscamente, tacque suo malgrado.... E io, ragazzo mio... ero caricato qui sulla panca... e ho udito come hai trattato... la fanciulla. Sai sbrigare bene i fatti tuoi con loro!

– Eh, eh, non c'è male! disse Kusma, muovendo i baffi.

– Pare che tu ne abbia conciate non poche di quelle figliuole, eh?

– Non ho contato... Che male c'è? Non le storpio mica!

– È vero, ma però... Ecco, per esempio, non compiangi forse quella ragazza, Kusma?

– La compiango... Si compiange sempre... Ma a che pro?

– E se, per caso, un bambino...? Ciò accade qualche volta,... non è vero?

– Bisogna credere che ciò accada.... si può forse sapere?

Tutte queste domande parevano evidentemente annoiare Kusma. Cambiò posizione ai piedi, e con le labbra strette in una smorfia di dispetto, si mise a tossire.

Tihon Pàvlovitsc era lieto, ora, di vedere l'operaio impacciato dalle sue domande. E con i sopraccigli severamente aggrottati, continuò:

– E non pensi... al peccato? Perchè è un vero peccato!

– Qual peccato?

– Ma di agire in questo modo...

– Ma i bimbi nascono tutti a un modo, n'evvero, sia dal marito che dal primo venuto! disse Kusma.

E sputò di lato con fare scettico.

– In quanto a questo, hai torto. Se viene dal marito, è assolutamente legale; ma se viene da te... dove vuoi che lo si metta? La ragazza, per evitare l'onta, prenderà il bimbo e lo butterà nello stagno. E il peccato ricadrà su di te!

Il mugnaio sentiva un piacere matto a confondere il suo operaio.

– Ma, padrone, disse Kusma seccamente e seriamente, se vi si pensasse di più, si troverebbe che in qualsiasi modo si viva, c'è sempre peccato! Così, è peccato; e così è pure peccato... spiegò Kusma, facendo un gesto con la mano a destra ed a manca. – Se hai parlato, è peccato; non hai detto nulla? peccato; hai fatto qualcosa? peccato; non hai fatto niente, peccato. Si può forse sapere? Bisogna entrare per questo in convento? Non credo di averne alcuna voglia.

Vi fu un silenzio.

La frescura del mattino fece trasalire Kusma.

– Tu meni una vita molto allegra e molto leggera, ragazzo mio, sospirò Tihon Pavlovitsc.

– Non me ne lagno, rispose Kusma scuotendo le spalle.

– Una bella vita... sì! Ebbene, va, versa il grano.

– Quello del pop?

– Versa pure quello del pop. Verrò un po' più tardi. Come ragioni con semplicità!... Ed è vero!... tutto è peccato ... Ah! sì!... Gli è che tu, Kusma, sei leggero come una bolla di sapone!

– Una bolla di sapone? è forse vero; vada pure per la bolla di sapone...

Kusma guardò attentamente il principale.

– Ma certo! Il mio piccino ne fa; quando l'ha soffiata in fondo alla festuca di paglia, diventa grossa così – brilla di tutti i colori dell'arcobaleno e va, vola via e crepa.

Kusma sorrise.

– A che cosa mai mi paragonate!

– Ma è così. Tu vuoi lasciarmi?

– Sì, me ne andrò.

– Ma che necessità hai di andartene? Faresti meglio di rimanere. Aumenterò il tuo salario.

– No, non monta; mi annoio mortalmente qui, e me ne andrò ad ogni costo.

– Gli è che mi secca di lasciarti andar via; sei un buon operaio, disse Tihon Pavlovitsc con aria pensosa.

– No, val meglio che me ne vada. Bisogna che io vada nelle steppe... vi è dello spazio laggiù... molto... molto spazio! Anch'io vi rimpiangerò – mi ero abituato a voi. Ma me ne andrò, perchè ciò mi attira. Non bisogna resistere a sè stesso. Quando qualcuno comincia a discutere contro sè stesso, può dirsi perduto.

– Questo è anche vero, Kusma. Ah... è proprio vero! Tutto il corpo di Tihon Pavlovitsc fu scosso, ed egli scosse il capo chiudendo fortemente gli occhi. Ecco che discuto anch'io...

– Vieni a prendere il thè, Tihon Pavlovitsc! gridò sua moglie.

– Vengo! E tu, Kusma, va tu pure; e che Dio ti assista!

Kusma lanciò un'occhiata obliqua sul padrone e se ne andò fischiettando.

*

* *

In una camera spaziosa e pulita, la tavola era apparecchiata vicino alla finestra, con sopra il samovar che mormorava, un panello di pan bianco e un vaso di latte. Robusta, fresca, molto colorita e col volto pieno di bonomia, la moglie di Tihon Pàvlovitsc era seduta a tavola, e la stanza era invasa dal sole mattutino, carezzevole, non troppo caldo.

Tihon Pàvlovitsc si avvicinò lentamente alla tavola, mordicchiandosi la barba, con le mani dietro il dorso e lanciando delle occhiate poco benigne sulle spalle della moglie.

– Buongiorno, Pàvlitsc! gli disse essa volgendo il capo e sorridendogli con affabilità; che hai avuto, che manco questa notte hai dormito? Avresti dovuto curarti con qualche cosa. Ciò comincia a preoccuparmi...

– È appunto a causa di queste preoccupazioni che tu hai soffiato tutta la notte come una locomotiva? disse il mugnaio ridendo. E io che chiedevo a me stesso: «Per quale ragione Anna si è messa a fischiare così? Pare che sia preoccupata...»

– Tu hai voglia di dire... Dio sia lodato, ecco che sorridi! Sono parecchi giorni che non sorridevi più! Il riso ti ha abbandonato... E sei stato così cattivo in questo tempo!

– Io credo che il riso sparirà per sempre da una vita simile, disse Tihon Pàvlovitsc a mezza voce.

– Gli affari vanno forse male? chiese la moglie, inquieta.

– Non è di pane solamente... dice la Sacra Scrittura... Ed è precisamente quello che è avvenuto... Mi ha preso al cuore e mi rode... e roderà finchè non si darà spazio all'anima... Noi abbiamo ingombrato quest'anima di macerie, ed essa geme senz'aria.

– Bisogna dare qualcosa alla chiesa e tutto passerà, consigliò la moglie.

Il mugnaio taceva. Pensava a padre Alessio. Rapace assai, quel pop; quante volte aveva intralciato i suoi affari coi contadini del vicinato...

– Oppure prendere un orfanello...

Questo era meglio, forse dai Diabilscin, per esempio.

– Devo versarti dall'altro thè? Perchè hai già rovesciato il tuo bicchiere?

– Non ne voglio più.

Tihòn Pavlovitsc guardava il viso della moglie, che gli appariva così grassa, così insipida, così stupida, e pensava: «Cos'ha che sorride sempre?»

31

– Ad ogni modo, sarebbe stato meglio chiamare il medico. Vuoi che lo faccia venire?

– Va al diavolo tu e il medico! disse il mugnaio adirato.

E, essendo entrato in un'altra stanza, si trovò fra i piedi il figlio che dormiva per terra. Tihòn Pavlovitsc si fermò e si pose a guardare attentamente la testa nera ricciuta, affondata nelle pieghe del guanciale e del lenzuolo ammucchiato in un punto. Le guancie brune e la fronte del fanciullo erano imperlate di goccioline di sudore.

– Guardatelo qua... come se la gode! pensò Tihòn Pavlovitsc. – Tu dormi... Chi sa qual via ti è destinata nella vita!...

– Tihòn Pavli... Asc! Kusma vi chiama!

Marfutka, dalla bocca storta, lo chiama dal mulino. L'anno prima il mugnaio aveva mandato in malora, così, a caso, lei e tutta la sua famiglia, ed egli se ne rammenta ora. Foma, il padre di Marfutka, andandosene per cercare lavoro altrove, gli aveva detto, dal limitare della porta:

– Non si può dunque ottenere una dilazione? Va bene... Ebbene, sia pure, addio, dunque, Pavlitsc! Che Dio ti giudichi! Bisogna credere che le lagrime degli orfanelli si faranno udire un giorno, – e tu, amico caro, urlerai tu pure. Addio!

Foma era rimasto molto tempo ancora sul limitare della porta, si era grattato lentamente, ora il fianco, ora la schiena, e aveva ripetuto cinque o sei volte la stessa cosa, col viso così alterato dall'emozione, che l'anima di Tihòn Pavlovitsc n'era rimasta scossa.

– Non è possibile alcuna dilazione? Bene!

Il mugnaio aveva finito per cacciarlo.

– Sì, vi sono diverse cose,.. pensava egli in quel momento. Vi sono alcune cose che non sono secondo la legge. Eppure non si può fare ammeno di farle. La reputazione ne scapiterebbe.

Ma questo ragionamento non lo tranquillizzava per nulla. I suoi pensieri, affollantisi, gli pesavano sul petto.

– Andrò a Jamki, decise egli ad un tratto.– Marfa, di' a Jegor che attacchi il cavallo.

Kusma, grigio di polvere, stava sulla porta del mulino, e guardava, fischiettando, il cielo in cui una nuvoletta vaporosa si fondeva nei raggi del sole. Qualche cosa strideva e batteva dei grossi colpi. Più in là, si rovesciavano dal mulino i getti argentei dell'acqua in un fruscio continuo.

Tutta l'aria era piena di rumori pesanti, gementi, e pregna di un leggero velo di polvere.

– La correggia sta per rompersi da un momento all'altro, Tihon Pàvlovitsc, disse Kusma, sputando di lato.

– Chiedine una nuova a mia moglie... Il lavoro cammina? chiese Tihon Pavlovitsc all'operaio e subito notò che mai, prima d'allora, aveva parlato così gentilmente al suo operaio.

– Cammina, rispose Kusma, che osservava il padrone senza farne le viste.

– Ebbene, tanto meglio... Dunque, tu sei una bolla di sapone?

– Se ciò vi piace, vada pure per la bolla di sapone, acconsentì Kusma senza entusiasmo, e scosse le spalle.

– La tua vita è molto facile!... Sì...

– Perchè farsene una penosa?

– È giusto! approvò il mugnaio, e sospirò..

Non gli riusciva di afferrare con parole quel tal pensiero su cui voleva interrogare Kusma, e sentiva che a starsene così silenzioso e con la testa bassa innanzi a questi, – la sua dignità di padrone scapitava agli occhi del suo operaio.

– E, quando bisognerà.. morire?... Ebbene... allora?

– Quando sarà venuto il momento, ci coricheremo.. e morremo, rispose Kusma, il quale osservava sempre più attentamente il padrone.

– Be.. ne! E tutti gli altri uomini?

– Quali altri uomini? Morranno pure, quando la loro ora sarà giunta.

– Sì! sospirò Tihon Pàvlovitsc. È giusto: tutti morranno... È triste per l'uomo...

Kusma muoveva lentamente i baffi; poi cacciò una mano nei capelli rossi, l'altra nella tasca del pantalone, e cambiando ad un tratto la posizione dei piedi, disse ridendo allegramente:

– Eh, padrone! Voi avreste dovuto andare in città e divertirvi a più non posso; ciò vi avrebbe fatto un gran bene. Si vede che avete l'anima pulita come la tasca di un cenciaiuolo. Non è così?

E toccata la spalla del padrone con una mano, Kusma scoppiò in una gran risata. Il gesto e la risata colpirono il mugnaio. Come se avesse perduto la coscienza della sua personalità, egli sorrideva scioccamente al suo operaio, pur sentendosi offeso fino alla sofferenza.

– Ah! Kusma, vediamo un pò.... Come puoi?... È vero che andrò a Jamki.. andrò dal maestro di scuola.. per parlare.

– Andateci allegramente! Duniascka Dikova vi parlerà in modo che tutte le vostre idee salteranno fuori come le pulci dal fuoco! disse Kusma a mo' di saluto.

*

* *

Alcuni minuti dopo, Lukitsc, il baio ben nutrito, correva a trotto uguale e cadenzato sopra un sentiero sinuoso e molle, fiancheggiato ai due lati da folte macchie di nocciuoli e viscioli. I rami flessibili toccavano la testa di Tihon Pàvlovitsc, si abbassavano come se cercassero di guardarlo negli occhi, e quando una foglia gli andava in bocca, il mugnaio stornava il capo, sputava e pensava sempre alla sua vita disorientata.

– Ciò va male, malissimo, pensava. – Questa... una vita! Si vive come tutti gli altri e pare che tutto vada bene... Poi, accade ad un tratto che si facciano delle riflessioni, e tutto va a rotoli. Le idee assalgono in strano disordine la testa di un uomo che non è fatto per accoglierle, e gli sono tutte

33

nuove, estranee e per nulla familiari. Ed egli rimpiange i giorni passati così tranquilli, quando tutto era così chiaro e definito.

In altri tempi, dopo il thè della sera, seduto sul limitare della casa, Tihon Pàvlovitsc faceva leggere a suo figlio Mitka i racconti spaventevoli del Giro del mondo; e attorno ad essi stava la famiglia, la moglie, la figlia; e tutto era così calmo, familiare, caro al cuore. L'anima era chiara e tranquilla, non c'era da pensare a nulla.

Qualche volta si trovava un'incisione importante: vi si vedevano degli alberi con foglie enormi, ben frastagliate; il fiume scorreva; lo spazio, le estensioni lontane non erano deserte e noiose come le nostre, le russe, ma erano invece così attraenti. E la famiglia ci discuteva su: «Ecco un buon posto per impiantarvi un mulino.» – Dopo aver parlato su quel tema, ci si affondava in qualcosa di molle e di caldo, come un letto di piume, e non si aveva più nemmeno la voglia di parlare. Vi si stava così bene che si sarebbe desiderato di rimanere sempre a quel modo, senza parlare e senza muoversi.

Le tettoie, le brutte casuccie di Jamki, seminate sulla costa, apparvero da lontano. Parevano essere state gettate sulla terra alla rinfusa ed esservisi accovacciate, tristi e paurose, senza osare neppure di mettersi in linea dritta. Di un grigio sporco, meschine, parevano anche più misere e povere sotto la cupola del cielo profondo ed insensibile che si stendeva su di esse, pensoso e imponente.

– E questa è un'abitazione umana! pensava Tihon Pàvlovitsc avvicinandosi. In ciascuno di questi palazzi vi sono anime umane, sebbene il fabbricato sia buono tutt'al più per un moscerino!.... Suvvia, Lukitsc, spicciati!... Vado dal maestro di scuola... E perchè? Per la conversazione... Strano... Come sarà, questa conversazione?.. Egli mi rimprovererà, è certo, dirà: «Tu, uomo, pensa all'anima!» E mi spiegherà. E io, va pure, non temere... Dirò... ho peccato... Quello che hai scritto nei giornali è vero... Li ho ingannati. Essi pure mi hanno ingannato, ma una volta sola; io, invece, tre volte. Se vuoi scrivere, – scrivi, fa pure! Ma spiegami prima, perchè fin'ora vivevo senza sopraccapi, senza schiocchezze per la testa, mentre ora mi sento perduto. È un beneficio, per l'uomo, o è effetto della sua stupidaggine? È destinato così, o è lui che inventa tutto ciò?... Hu! uh! Lukitsc!

Lukitsc agitava la testa e la scuoteva perchè la polvere della via gli era entrata nelle narici, e alzava pacatamente le zampe avvicinando quel peccatore del suo padrone a Jamki.

Ecco la scuola, rassomigliante più ad una piccola nave capovolta anzichè ad un tempio della scienza. Il maestro di scuola è seduto presso ad una delle tre finestre, occupato a raschiare col coltello un bastoncino e guarda con indifferenza il mugnaio che è giunto.

– Salute, Alessandro Ivànovitsc! Sono venuto a trovarti; vuoi accogliermi in casa tua?

– Entrate, ve ne prego, disse il maestro, e lasciò la finestra.

L'accento asciutto del maestro ed il suo viso serio, magro e arcigno, scoraggiarono Tihòn Pavlovitsc, il quale sentì una stretta al cuore.

Girò e rigirò attorno alla carretta, per attaccare le redini al sedile, prima di entrare in iscuola, e, passando innanzi alla finestra, vide che il maestro di scuola riponeva sullo scaffale un grosso libro e sorrideva in modo molto ironico.

– Buon giorno di nuovo! disse il mugnaio con forzata tranquillità, porgendo la mano al maestro. – Auf, che caldo!

Il maestro gli porse le dita ossute e fredde, e, con un moto speciale del capo verso il banco, disse brevemente:

– Sedete...

– Ora ci sederemo, acconsentì il mugnaio.

E sedette sul banco, vicino alla finestra dove era prima seduto il maestro, il quale, con le mani dietro le spalle, e tossendo, andava ora su e giù per la stanza, con movimento sempre più accelerato.

Silenzio. Tikon Pàvlovitsc, seduto al suo posto, si sfregava il ginocchio con la mano destra, si lisciava la barba con la sinistra con fare noncurante, e ispezionava attentamente il povero mobiglio della piccola stanza. Questa stanza aveva due porte, una conducente nell'anticamera, l'altra in iscuola, simile ad una tettoia. Il mobiglio della camera era composto di una tavola, due sedie, una branda, uno scaffale con dei libri, e un tronco d'albero, sul quale questo scaffale era appoggiato.

Ecco che il maestro si è avvicinato allo scaffale e si pone ad ispezionare i libri, come se volesse assicurarsi che fossero gli stessi di poco prima dell'arrivo del visitatore. Entrambi sono imbarazzati, ed entrambi lo sentono chiaramente, ciò che li rende anche più impacciati, e il loro silenzio diventa sempre più penoso.

– Mi dovete dire qualcosa? chiede ad un tratto il maestro, lasciando lo scaffale e facendo un passo verso l'ospite, che guardava bene in faccia.

La sua fronte è corrugata, le sopracciglia contratte con malumore. Ha voglia di tossire, ma si trattiene, e stringe fortemente le labbra, ciò che dà al suo volto delle macchie brune e fa sollevare e respirare penosamente il petto magro e concavo.

– Hu...m!... strascica il mugnaio che distoglie gli occhi dal maestro e pensa:

– È conciato per le feste!... Non ne avrai per molto tempo, vecchio mio... – E quel «chiodo» sul quale il signore ben vestito aveva pronunciato un discorso gli torna alla memoria.

– Come dirti questo, Alessandro Ivànovitsc?

E ciò dicendo, il mugnaio pensa sempre:

«Non ci sarà alcuno per dire dei discorsi su costui... Finirà così, solo, solo.... I buoni contadini lo seppelliranno – e tutto sarà finito... E poi... nulla più... Benchè anch'egli scriva... pare che abbia gl'intestini deboli... Scrive e resta in campagna... Come fare a cominciare la conversazione?

– Volete prendere un po' di thè? chiese il maestro. E tossì infine in modo spaventevole, premendosi il petto con le due mani.

Il suo volto diventò grigio, il corpo si contorse tutto mentre qualcosa fischiava, rantolava, strideva nel suo petto, come se un vecchio orologio vi fosse nascosto, e stesse lì lì per suonare.

– Si potrebbe prendere un po' di thè, decise Tihon Pàvlovitsc. – Tu hai una tosse fortissima! E intanto, perchè ce l'hai? È d'estate... fa caldo. Perchè?...

– Ma... così! disse il maestro sedendo sulla sedia.

Qualcosa di molto triste emanò da quelle parole. Il mugnaio provò una noia fredda a quelle parole che non dicevano nulla.

– Ivànovna! Accendete il samovar! gridò il maestro dalla finestra.

Si udì in breve un rumore di ferraglia in anticamera; Tihon Pàvlovitsc sapeva che quel rumore era prodotto dal tubo del samovar, ma non sapeva come incominciare la conversazione col maestro di scuola.

L'altro taceva pure, coi sopraccigli aggrottati e la testa ostinatamente curva verso terra. Il silenzio continuò ancora per molto tempo, irritando i due.

– Il tubo è caduto, disse Tihon Pàvlovitsc al maestro.

Questi si alzò, e avvicinandosi alla finestra, disse:

– Ivànovna! il tubo è caduto!

– Lo so! Sono qui, gli rispose qualcuno brontolando.

La caduta del tubo parve rianimare il coraggio dei due uomini, che soffocavano l'uno di fronte all'altro.

– Ebbene, dunque... disse il maestro sfregandosi il costato sinistro. Dunque, voi volete parlare con me?

– Perfettamente... assentì il mugnaio.

E inclinò il capo più volte.

– Benissimo... e indovino perchè...

– Oh! non credo! disse Tihon Pàvlovitsc, sorridendo con fare incredulo.

– È certo per quello che ho scritto di voi nel giornale, disse il maestro.

Inarcò le sopracciglia, gonfiò, non si sa perchè, e con aria preoccupata, le guance, e corrugò la fronte con maggiore severità.

– Io ho pensato appunto che eri stato tu a scrivere, esclamò il mugnaio. Per certo!

Il maestro di scuola non si aspettava evidentemente a quest'uscita, perchè spalancò gli occhi e guardò bene in faccia il suo ospite.

– L'avevate pensato?

– Ma sì! Dev'essere certamente lui, pensavo io, perchè vi sono soltanto due persone che possano farlo... tu e il pop Alessio. Egli pure è in collera con me.

– Cioè, come sarebbe a dire... anch'egli. Sono forse in collera con voi, io? disse il maestro, stupito.

– E come no?

– Ma a proposito di che?

– Eh! lo so io forse? Tu hai scritto, e io devo interpretare la cosa come posso...

– Scusate! Ho scritto ciò non per animosità personale contro di voi, ma per sentimento d'equità, continuò a dire il maestro, con animazione.

E accendendosi e alzando la voce, aggiunse:

– Voi non avete alcun diritto di dire che ho scritto quello che ho scritto perchè ero in collera... No!

– Baie! disse il mugnaio, facendo un gesto di dubbio con la mano... Perchè dunque l'hai scritto?

– Perchè avevate agito verso i contadini di Kurucino in modo poco... onesto.

– Che paroloni! Poco onesto! E quando la mia diga è stata portata via, hanno essi agito in modo onesto con me? Perchè non hai scritto nulla contro di essi?

– Ma, scusate! disse il maestro, eccitandosi sempre più.

Il suo volto si coprì di macchie, e fu preso come da balbuzie; era evidente che voleva dire molte cose, ma non sapeva per dove incominciare.

Le sue orecchie avevano dei tremiti strani, gli occhi brillavano, e tutto il viso nervoso e magro cambiava ad ogni istante. Guardandolo, il mugnaio sentiva ribollirgli il sangue.

– Che è questo «permettete»! Hai scritto su me, scrivi pure su loro. Se io ho agito con loro non secondo la coscienza, tu sai pure che anch'essi hanno agito similmente con me; e questo è accaduto sotto i tuoi occhi. E perchè taci? E dici che è per equità... Ah! questo poi!...

– Ebbene, e poi?

E ad un tratto, con una bizzarra contorsione di tutto il corpo, tossendo e affrettandosi, mangiando le parole, partì a gran carriera:

– Voi non capite... io non potevo.., cioè, io... Chi sa che diavolo sospettate! Quale animosità potevo avere verso di voi? Cioè, no... essa esiste! Esisterà sempre! gridò egli improvvisamente con voce acuta.

– Te lo dicevo, io! Lo vedi bene! E poi dici: per equità! Come può essere per equità, quando sei mosso dalla collera? Va là, tu! Non ti rimane molto tempo da vivere e cerchi di turbare la pace degli altri! E mia figlia, leggendo i tuoi scarabocchi, ha avuto delle parole di rimprovero per me... Mia figlia... capisci? E questo, perchè?

– Scusate! gridò il maestro di scuola. Che m'importa di vostra figlia? Io non dico: ho dell'animosità contro di voi personalmente; ma dico: contro il gruppo, contro il partito.

– Non mi stare a dire dei paroloni! Non ne ho bisogno! Ti capisco lo stesso.

– No, io... Voi mi offendete coi vostri sospetti! Potete combattermi con fatti, provare che non ho capito la cosa in modo troppo esatto, che non ho ragione... Ma dire...

– Posso dirti tutto! dichiarò il mugnaio, battendosi il petto con la mano aperta e alzandosi dalla sedia con la coscienza della sua dignità. Io sono un personaggio importante in paese. Mi si conosce e mi si rispetta a cento verste all'ingiro, e tu, tu vali diciotto rubli al mese...

– Io non voglio...

Il maestro battè il piede a terra, e si arrestò tutto tremante, soffocato dall'emozione e da un accesso di tosse.

E mentre egli si contorceva, gemendo di dolore e di mancanza d'aria nei polmoni, Tihon Pàvlovitsc, dritto innanzi a lui nell'atteggiamento imponente del vincitore, la faccia rossa ed eccitata, gli andava dicendo a voce alta e distinta e con il convincimento di aver ragione:

– Ehi, tu, uomo giusto! Smascheri gli altri, ed ecco che ti smascheri te pure! Ecco che ti riduci! Io sono venuto a te come ad un uomo saggio per una conversazione... per parlare a cuore aperto di quella.... perchè, e in qual modo... perchè la mia anima è turbata... E tu mi hai forse compreso? Hai scritto? Ebbene, e poi? Hai scritto? E chi mai l'ha letto? Il solo pop ha letto... io sono rimasto quale ero prima. Sì,... io sono venuto a te con l'anima e non con animosità, e tu, tu continui a gridare contro di me! Puoi forse gridare contro di me?... Riceve diciotto rubli al mese, vive separato dal mondo, come un orso, ed ecco che si occupa di equità, guardate un pò! Eh, eh! Addio, dico! Non mi offendo della tua impertinenza, ma ti compiango, sai... Ti compiango! Addio! La tua vita è assai trista e noi morremo tutti... Non bisogna dimenticarsene... sì!

Finito il suo discorso, Tihon Pàvlovitsc si sentì così triste, da piangerne, quasi. Assalito da un accesso di tosse, il maestro stava sulla sedia, piegato in due, col capo molto chino in avanti e tremava in tutto il corpo. Una delle sue mani premeva il petto, e l'altra faceva dei gesti convulsi in aria, desiderando evidentemente arrestare la tiritera del mugnaio.

Vedendolo in quello stato, il mercante fu preso da pietà per lui, e nello stesso tempo desiderava dirgli qualcosa di così sensibile da mettere nel cuore del maestro quell'angoscia che sentiva nel suo. Ma non trovava le parole adeguate, nè v'era nulla di commovente nelle sue parole, benchè la sua voce fosse tremula e modulasse note basse e piagnucolose.

Il mugnaio capiva benissimo che quanto era occorso tra lui ed il maestro era umiliante per entrambi, e desiderò terminare al più presto quella scena penosa.

– Addio... non essere in collera con me... Quando ti troverai innanzi al Signore...

E fatto un gesto con la mano, si calcò in testa il berretto e uscì precipitosamente.

– No, scusate... – esclamò dietro di lui il maestro con voce rauca, eccitata.

– Bene! bene! grugnì il mugnaio nella barba mentre staccava le redini.

– Tornate... Noi dobbiamo...

Il maestro si era affacciato alla finestra; col corpo a metà fuori di essa, si aggrappava con una mano alla persiana e gesticolava con l'altra.

– Nessuno deve nulla... Noi tutti siamo uomini... mormorava Tihon Pàvlovitsc, poggiando il piede sulla predella della carretta.

– Tornate! gridò il maestro in modo così strano, che Tihon Pàvlovitsc si voltò e lo guardò.

Il suo volto era spaventevole, gli occhi torbidi, la fronte madida di sudore, e la gola si contraeva in modo spasmodico.

Il mugnaio ne fu spaventato,

– Eh... Verrò un'altra volta. È lo stesso.

E fatto un gesto disperato con la mano, sferzò vigorosamente Lukitsc, il quale trascinò via d'un tratto la carriola.

Il maestro di scuola gridava qualcosa alle sue spalle.

– Trotta! gridò Tihon Pàvlovitsc, frustando di nuovo il cavallo. E strinse pure fortemente i denti, per far tacere in lui quel sentimento amaro di cui era invaso.

*

* *

Uscito dal villaggio, egli si acquietò alquanto. Lukitsc sgambettava vivacemente sulla via sinuosa, in mezzo al deserto dorato delle messi mature. Una nuvola si ammassava sul davanti della via: alcune nubi grigio oscure, tutte sfioccate, si riunivano strisciando in una massa pesante, quasi nera, che s'innoltrava incontro al mugnaio, proiettano sulla terra un'ombra nera. Anche l'anima sua era di nuovo invasa da ombre. Tirò le redini, e senza pensarvi, voltò a sinistra, su una via più larga e meglio battuta. La nuvola minacciosa gli stava ora a destra; davanti, un isolotto boscoso si delineava in mezzo al mare giallo del grano, e qua e là, tra il deserto ondulato, inondato di luce abbagliante, strisce nere di terra arate, apparivano all'occhio, povere, melanconiche, in mezzo a quelle splendide messi. Emanava da quelle striscie qualcosa che rattristava l'animo del mugnaio come se ci fosse qualche affinità con esso. E le spighe, agitate dal vento, sussuravano dolcemente, rivolgendo il loro mormorio al cielo turchino, illimitato, che si stendeva sul suo capo. Lukitsc trottava avvicinandosi sempre più all'isolotto verdeggiante che si delineava più chiaramente sul fondo giallo smagliante delle messi e sul cielo turchino un pò affuscato.

– Ma io mi dirigo alla stazione! pensò il mugnaio, quando, di dietro ad una collina, apparve la lunga fila dei pali telegrafici e l'angolo oscuro della casetta del guardiano, quasi sepolta nel cumulo di terra ammonticchiata attorno ad essa...

– E se andassi in città? In quanto al cavallo, lo rimanderei a casa con qualcuno della stazione... Ah, sì! Sono andato dal maestro di scuola e gli ho parlato! Ah! ah! il maestro!... Quando si tratta d'insegnare agli altri, tutto va bene, ma impara un pò a conoscere te stesso, capisci ciò che ti sta d'intorno, come e perchè. Se l'anima mia non mi avesse spinto verso di lui, neppure il diavolo mi avrebbe deciso ad andare da lui. E tu, maestro, tu devi restare sempre così padrone di te da non far alterare l'umore delle persone che ti avvicinano. E lui, guardate un pò, s'è innalzato con la sua austerità più in alto del tubo di un caminetto ed eccolo che pronuncia delle profezie... Oh! le grandi virtù a tanto al chilogramma!

Più vi pensava e più si convinceva che il maestro avesse torto. Come stavano le cose? Egli, Tihon Pavlovitsc, aveva avviato espressamente il discorso sull'articolo del giornale allo scopo di mortificare il cattivo maestro di scuola e d'intenerirlo nello stesso tempo, mostrandogli come egli, il mugnaio, avesse l'anima in pena a causa di quella corrispondenza, e in qual modo capisse il suo fallo. E se il maestro fosse stato più alla mano, gli avrebbe descritto i suoi pensieri. Ed ecco che il maestro era andato addirittura nelle nuvole... Quando il mugnaio si fu persuaso che tutto era andato precisamente così, se ne sentì accorato ed anche offeso.

– Guardate com'è la gente! Non potete occuparvi del prossimo, visto che non ne avete bisogno e non lo temete. Che bella cosa! Non c'è che dire! E questi sono dei maestri – dei letterati! A quanto pare, siete più teneri della vostra austerità che dell'anima del prossimo.

E sentendo con quale facilità varie idee si formavano nella sua testa, Tihon Pàvlovitsc disse bruscamente a voce alta:

– Se potessimo lottare con te, maestro, chi sa chi ne avrebbe la peggio!

Lulkíts trottava avvicinandosi alla stazione che appariva dietro le colline; un treno veniva verso la stazione, fischiando e lanciando un grosso pennacchio ondeggiante di vapori bianchi, riempiendo l'aria di assordante rumore.

E al fracasso del treno facevano eco i rombi del tuono della grossa nuvola che aveva già invaso di tenebre i due terzi del cielo.

Alcuni momenti dopo, Tihon Pavlovitsc era seduto in uno scompartimento e filava attraverso le steppe seguendo con gli occhi le zone di grano e di terra di fresco vangata che correvano innanzi al finestrino.

I guizzi dei lampi squarciavano continuamente il cielo nero, e il tuono rumoreggiava al disopra del treno che correva a tutto vapore. Il rumore delle ruote striscianti sulle rotaie, e lo strepito delle catene che riunivano le vetture si fondevano col rombo del tuono, mentre i lampi, insopportabilmente vivi, accecavano gli occhi, brillando ad ogni momento innanzi alle finestre.

– Ma dove vado io? pensò Tihon Pavlovitsc, e si rincantucciò, paurosamente, in un angolo del sedile.

Al di fuori, tutto grondava acqua, tutto si dimenava, come se si compiesse qualche gigantesco lavoro di distruzione.

Che bisogno ho io di andare in città? chiedeva il mugnaio a sè stesso con un vago senso di angoscia.

Egli era scosso, sballottato; il lucicchio dei lampi gli faceva chiudere gli occhi ad ogni momento, il rombo dei tuoni lo faceva trasalire e crocesegnarsi in continuazione. Raggomitolato miseramente nel suo cantuccio, il mugnaio finì per addormentarsi.

*

* *

– Dove potrei andare, e da chi? si chiese Tihon Pavlovitsc dopo avere attraversato due quartieri, allontanandosi dalla stazione, e sentì che non provava alcun desiderio di rivedere nessuna persona di conoscenza, e che in somma non aveva voglia di sorta.

Aveva dormito lungo tutto il tragitto; giunto in città, era andato in un albergo, vi aveva mangiato una zuppa di cavoli e del pesce, vi aveva bevuto del thè ed aveva guardato la pioggia cadere da dietro la finestra.

La pioggia cadeva a grossi goccioloni, e cadde a lungo, – forse per tre ore, e il mugnaio rimase là assorto nei suoi pensieri, che gli avevano prodotto una specie d'intorpidimento. Poi, decise di tornare a casa sua, ma quando giunse alla stazione, trovò che il treno era già partito. Sedette sul marciapiede della stazione e stette a guardare manovrare i treni e girare e moversi gente diversa, sporca e

40

puzzolente – gl'ingrassatori, quelli che compongono i treni, quelli che li attaccano, i conduttori dei treni di mercanzie. I treni arrivavano e partivano, e tutto quel tumulto affaccentato della vita ferroviaria pareva un pò vano a Tihon Pàvlovitsc, senza ragione plausibile, senza necessità. Perchè dimenarsi tanto e darsi tanta pena, mandare tanto e ricevere tanto, se tutti gli uomini, giunto il loro momento, morranno? E poteva essere anche domani... Sarebbe stato meglio preoccuparsi di più del proprio riposo.. E il mugnaio sentì di nuovo il bisogno di un riposo profondo, sonnolente, senza pensieri, e senza cure. E questo desiderio lo trascinava. Allora egli tornò ad agirarsi per la città, calmo ed indifferente a tutto, ora, eccetto a quanto gli si agitava confusamente nell'animo, che gli era incomprensibile e che gl'impediva di vivere.

Le vie erano silenziose e oscure. I becchi del gas, non si sa perchè, non erano stati ancora accesi, e la luna cominciava a mostrarsi. Alcuni lembi di nuvole passavano rapidi nel cielo, e dense ombre strisciavano sul selciato e sui muri delle case. L'aria era pregna di vapori soffocanti, dell'odore acuto del fogliame bagnato, della terra riscaldata e di quell'odore pesante così comune alle città. Passando al disopra dei giardini, il vento scuoteva i rami degli alberi producendo un debole e dolce fruscio. Quel mormorio e le ombre delle nuvole gettavano su ogni cosa una tinta di melanconia e di stanchezza. La via era stretta, deserta e come oppressa da quel silenzio pensieroso, e il roteare sordo di qualche vettura risuonava in quella calma con una tracotante insolenza. Il mugnaio, con le braccia allacciate dietro il dorso, andava pian pianino, portando seco i suoi semipensieri, le sue informi semisensazioni, che avvolgevano il suo cuore come in un'atmosfera di freddo e di nebbia.

Una strana, scapigliata folata di note d'istrumenti a fiato, penetrò bruscamente e di botto in quel silenzio e si slanciò attraverso la città in un valzer rumoroso, frenetico, ma armonioso. Una di quelle note era così pesante, così stanca – uff! uff! – che non andava per nulla d'accordo con le altre e sospirava pesantemente, dominando tutte le altre...

Pareva che qualcosa di grande e di massiccio tentasse con salti poderosi di fuggirsene via e non potesse.

– E se vi entrassi? pensò il mugnaio, fermandosi innanzi ad una gran porta aperta, illuminata vivamente da due becchi di gas. Un viale di acacie si allungava dietro la porta. E prima ancora di aver deciso se entrerebbe oppure no nel giardino, Tihon Pàvlovitsc vi s'incamminava, guardando i lampioncini sospesi lungo il viale sopra fili di ferro, che dondolavano mossi dal vento e proiettavano della macchie multicolori sul terreno oscuro.

Il viale voltò rapidamente a destra, e Tihon Pàvlovitsc scorse un impalcato, su cui suonava un'orchestra militare, diverse panche innanzi all'impalcato, con suvvi delle forme oscure. Non desiderò andarvi.

Sedette sopra una panca posta lungo il viale.

Gli alberi stormivano, e il cielo era percorso da lembi di nuvole.

Una donna passò innanzi a Tihon Pàvlovitsc... Egli le guardò dietro con indifferenza; essa tornò indietro e passò di nuovo innanzi a lui.

Allora egli la mandò mentalmente al diavolo... Ad un tratto, essa si diresse verso di lui, gli sedette vicino e lo guardò in faccia. Egli intravvide degli occhi oscuri, interrogatori, delle tumide labbra rosse, ed un naso dritto, ben tagliato. Egli si scostò con aria sostenuta e disgustata, e si sentì ancora più annoiato.

– Ti annoi, eh! mercante? gli chiese la vicina.

– Sì... ì... rispose egli con voce strascicante; ma, poi, ad un tratto, risolutamente, disse con voce burbera:

– Fila... non val la pena di far dei discorsi... Non sono di quella tal specie...

– Un uomo austero, dunque!... Non temere, non ti toccherò... Siccome anch'io mi annoio, ti ho chiesto.... così...

E tacque per qualche tempo; egli aspettava che essa si alzasse e se ne andasse. Ma essa non se ne andava e restava vicino a lui, sbadigliando di quando in quando. Egli la sbirciò di lato e vide che era giovanissima e bella. Il silenzio durò a lungo. La musica cessò per ricominciare dopo poco, suonando ora qualcosa di meno chiassoso.

– Perchè te ne stai qui, se ti annoi? chiese Tihon Pàvlovitsc alla sua vicina, quasi senza accorgersene.

– E tu, dunque? gli rispose essa dolcemente, senza guardarlo.

– Ma io sono un viaggiatore... Dove vuoi che vada?

– Ma, va nella camera che hai occupato, venendo in città, oppure alla trattoria.

– Che idea! disse Tihon Pàvlovitsc. E, dopo un silenzio, aggiunse: Ma anche lì non si sta allegri quando si è soli.

– Trovati una compagnia...

– Posso io raccoglierla in istrada, questa compagnia?

– C'è sempre della compagnia in una trattoria.

– Questo è anche, vero, sospirò il mugnaio.

E pensò:

– E se andassi veramente in trattoria? E prendessi... costei, anche con me?... Chissà, qualche cosa potrebbe pure uscirne...

– Verresti con me in trattoria? chiese.

Essa non rispose subito, e rimase qualche tempo come impacciata.

– Se vuoi... solamente qualcuno deve venire qui a prendermi.

– Auf!.. Chi è costui?

– Io dico davvero... è un artigiano.

– Che te ne importa? Lascialo stare... Su! andiamo.

L'idea di una piccola orgia cominciava decisamente a sorridergli.

– Vengo,.. vengo... Chissà, forse lo incontreremo per via...

– Che bisogno c'è? disse il mugnaio, alzandosi dalla panca. Cammina!

Essa si alzò. Grande, ben fatta, con il capo coperto da un fazzolettino bianco, essa camminava vicino al mugnaio, muscoloso e forte, con l'abito che gli scendeva quasi fino ai calcagni.

– Sarebbe stato così bene se l'avessimo incontrato, diceva essa, e trovò utile per qualche ragione di aggiungere a mo' di spiegazione: è monco.

– Come mai?

– È la macchina che gli ha troncato ambo le braccia.

– E che te ne fai, allora? domandò Tihon Pavlovitsc, un pò meravigliato.

– Gli è che canta molto bene.

– Oh!

– Abbiamo voluto andare oggi con lui verso il fiume, nel bosco...

– Bene... disse il mugnaio con un sorriso. Che si fa, ora?

– Ma nulla, disse essa brevemente.

Usciti dal giardino e saputo dove si dovesse andare, il mugnaio chiamò una carrozza. Sbalzando sul terreno ineguale, la piccola carrozza corse con un rumore di ferravecchi tra due file di case. Non era tardi. La luce dei lumi ed il rumore delle voci si spandeva nella via dalle finestre aperte. Passando innanzi ad una casetta bianca posta in fondo ad un giardinetto, Tihon Pàvlovitsc udì gli scoppi di risa di una voce di basso, accompagnati da un riso di donna chiaro e sincero...

«Vi sono degli uomini che... non fanno delle sciocchezze e non ragionano troppo,» pensò egli, con un certo dispetto contro sè stesso.

– Tu dici, dunque, che egli è monco, chiese egli alla donna dopo un breve silenzio.

Essa si stringeva a lui, tenendosi con una mano al parafango, e con l'altra al ginocchio di lui.

– Miscia? Sì... disse essa.

– Bene. E che è egli per te? L'amico del cuore, forse?

– Macchè!... Egli è vecchio, ammalato; è il nostro vecchio amico... quand'ero piccola mi portava in braccio.

– Ah! se è così... E cosa fa tuo padre?

– Era pittore di fabbriche.

– È morto?

– Morto al tempo del colèra,.. Stiamo per giungere...

– Bene... E cosa facevi prima? continuava a chiedere il mugnaio, perchè gli pareva di star meglio, parlando.

– Ero cucitrice, rispose essa.

– Fermati laggiù.

Alcuni momenti dopo, essi stavano seduti in un angolo di una gran sala di una trattoria. Questa era sudicia, meschina e puzzolente.

Ad una tavola, posta nel mezzo della sala, un gruppo di cocchieri faceva del chiasso; ad una delle finestre, ingombra di vasi di gerani e di fuchsie, due individui sospetti prendevano il thè; il primo, calvo, dal naso di uccello rapace, tossiva in continuazione; il secondo, nero, dai baffi militari, fischiettava melanconicamente tra i denti, guardando il suo bicchiere. Un vecchietto, quasi bianco, dal viso devoto e macilento, stava seduto in un angolo vicino alla stufa, e teneva gli occhi semichiusi con una espressione dolcemente voluttuosa. Molte altre persone, stranamente sparpagliate nella grande sala affumicata, non facevano alcuna attenzione agli altri.

Il mugnaio s'installò con la sua compagna in un angolo oscuro, vicino ad una porta che dava accesso ad una cameretta, e guardavano ben bene tutta la trattoria illuminata da cinque lumi fissati ai muri. La loro tavola stava vicino ad una finestra aperta, dalla quale un tiepido venticello, pregno di diversi odori, soffiava mollemente su loro.

– Come ti chiami, bella mia?

– Anna.

– Ebbene, Annuscka, beviamo per fare conoscenza.

E mescè due bicchierini di acquavite da una bottiglia posta davanti a loro; toccarono i bicchierini e bevettero. Annuscka si tolse il fazzolettino dalla testa e parve più leggiadra; i capelli folti, ondulati, erano castani; gli occhi bruni, tagliati a mandorla, avevano un scintillio vivace e simpatico nella loro profondità. Ora essa li socchiudeva, ora li spalancava, mentre la mano bianca e grassotta tormentava pian piano sul petto le increspature della camicetta di mussola.

– Sai ballare la danza russa? le chiese Tihon Pavlovitsc dopo averla esaminata, pensando che essa dovesse essere molto bella nella danza, quando la ballerina si avanza di lato, e muove le spalle.

– So ballare..... rispose essa, e riempì di nuovo i bicchieri.

– E non fai il broncio all'acquavite, a quanto pare! disse scherzando il mugnaio.

– No, certo.... La nostra vita è così.... Non possiamo fare a meno di bere.... affermò, essa tranquillamente.

– E ne soffri davvero tanto? continuò a chiedere il mugnaio, senza celare la sua diffidenza, e continuando a sorridere in aria di scherzo.

Essa non rispose lì per lì; scosse dapprima le spalle, si accomodò i capelli sulla testa, spezzò un pezzettino di pane nero, lo annasò a mo' di un matricolato ubbriacone, poi se lo mise in bocca, e, masticando lentamente, disse:

– Io credo che se si obbligasse voialtri, sebbene uomini, ad abbracciare qualsiasi donna, ne sareste disgustati. Mentre noi vi siamo obbligate.... perchè questo è il nostro pane. E pochissimi, fra voi, sono belli; il più spesso sono così ributtanti, da nauseare. E poi, c'è anche il peccato. Noi non siamo pertanto delle creature insensibili – pensiamo a Dio, – e ci vergogniamo pure. Qualchevolta, specie dopo aver bevuto, siamo prese da tale angoscia, da passarci quasi una corda attorno al collo.... Naturalmente, si

beve subito una mezza bottiglia e ci si abbrutisce così a digiuno. Poi ci lasciamo andare al bel tempo....
è impossibile menare una vita simile senza acquavite; non si può...; ci sarebbe da impazzirne...

Fin dal principio di questo discorso, Tihon Pavlovitsc aveva sentito che gli occhi della donna, fissi
sul suo volto come a volerselo scolpire nella memoria, gli torturavano il cuore.

Quando essa aveva detto «sono così ributtanti»... ed aveva fatto una pausa dopo quelle parole, egli
aveva sentito molte cose offensive per lui in quella pausa. E poi essa si era messa a parlare di Dio.
Non era certo per questo che egli l'aveva invitata a seguirlo. E una sorda irritazione si accese
nell'anima sua contro di lei. E parlò così con accento severo e penetrante:

– Ciascuno deve portare quel peso che gli è destinato.... E io sono venuto qui con te per divertirmi e
non per sentire dei discorsi da quaresima. Queste tue parole non mi vanno proprio. Desidero
divertirmi pazzamente, all'indemoniata.... Parlo chiaro? getterò via cento rubli sonanti, ma devo
acquetare l'anima mia. Mi abbisogna un uragano! Puoi aiutarmi? Sì? ti regalerò dieci rubli! Ma che
sia come dico io!

E con gli occhi subitamente accesi da una fiamma selvaggia, egli le passò una mano sul collo, e,
chiusi fortemente gli occhi, scosse il capo con moto brusco.

Essa comprese e s'infiammò a sua volta.

Fino a quel momento, egli le era parso un uomo nullo, un padre di famiglia barbuto e assennato, anche
nel peccato; ma ora si mostrava sotto un tutt'altro aspetto. E lanciando fiamme dagli occhi, essa si
alzò dalla sedia, posò il fazzoletto sulla testa, e disse:

– Dovevate dirlo subito, invece di star lì a muover la lingua in bocca senza far capire ciò che volete.
State qui, tornerò fra poco. Avremo subito un suonatore di fisarmonica, e canteremo delle canzoni, e
balleremo... Intanto che io vado in giro, entrate qui, e gli mostrò la camera vicina, e ordinate del thè,
dell'altra acquavite e degli antipasti... Ecco, ora tracannerò un altro bicchierino!

E fattosi portare con un fischio un altro bicchierino d'acquavite, sorrise e disparve.

*

* *

Tihon Pàvlovitsc chiamò il cameriere, gli ordinò quello che desiderava, e passò nella camera vicina.
Questa pareva quasi un corridoio, e tutta affumicata.

Aveva tre finestre prospicienti sulla via. Nello spazio tra una finestra e l'altra, c'era un'incisione
raffigurante una caccia all'orso; nell'altro, una donna nuda. Tihon Pavlovitsc le lanciò un'occhiata, poi
andò a sedere presso un tavolino rotondo, che si trovava innanzi ad un largo divano coperto di cuoio,
sul quale sovrastava un'altra incisione rappresentante, non si sa, se un prato falciato o il mare in
bonaccia; nel mezzo del quadro c'era una macchia bruna, la quale poteva rappresentare tanto una
casetta quanto una nave. Due candele erano accese ai due lati del quadro.

Si udiva nella stanza vicina il chiasso dei nuovi arrivati, il tintinnio dei bicchieri, lo scoppio dei
turaccioli che volavano in aria.

– Cerchiamo di scuoterci, pensava Tihon Pavlovitsc, mescendosi dell'acquavite e tracannandola. –
Chissà, dopo il ballo, potremo ricominciare a vivere. Basta così; ho abbastanza discusso con me

45

stesso. Se avessi la possibilità di capire come e perchè, sarebbe stato un altro affare. Ma in quanto a capire, non è cosa per me. Qualcosa mi tormenta, ma cos'è questo qualcosa? io non lo so. È una cosa che mi rode – e questo è quanto.... Ebbene, ammettiamo che l'uomo sia morto; e che perciò? La cosa è chiara; se è morto, è segno che è vissuto. Anch'io morrò.... Non bisogna dimenticare l'anima, è giusto. Ma cos'è che le necessita? Se potessi capire questo!

Gli tornò in mente Kusma.

– Ecco, egli è libero! Vive, e non si cura di nulla... non è assediato da alcuna idea. E intanto, se vogliamo ragionare bene, egli pure ha un'anima. Anche il maestro di scuola ha un'anima. Eppure tutti gli uomini sono diversi l'uno dall'altro. Ecco che questa.... donna dice la stessa cosa: «Mi vergogno di vivere,» dice. E perchè vergognarsene, se questo è il destino? Neppure un capello cadrà dal capo, se Dio non vuole.

E qui, ricordò qualcosa di lontano, di vago, ma che gli avvolse di nuovo cervello e cuore in una nebbia umida e pesante.

Sospirò penosamente, bevve di nuovo, e rovesciatosi sullo schienale della sedia, si sprofondò nei suoi pensieri.

Non si sa perchè ripensò alla tromba dell'orchestra militare nel giardino.

«Uff! uff!» mugiva essa attraverso la folla delle altre note. Poi ricordò esattamente il rumore di ferrivecchi della carrozzella, che rompeva in modo così grossolano il triste silenzio della sera.

«È mai possibile capire sè stesso quando l'uomo è, per così dire, come un mulino, se macina tutto il giorno col suo spirito ogni specie di cose? pensò Tihon Pavlovitsc con un dispetto contro qualcuno. – Felici quelli che capiscono il come e il perchè; ma noi, lo possiamo forse? No, noi siamo come ciechi chiusi fra due porte. L'anima.. ciò si capisce! Ma qual'è il mio diritto cammino, – come posso capirlo? questo è il difficile!

Eppure, qualcosa nel più profondo del suo interno lo rodeva; sempre, e in continuazione, era punto da una sensazione acuta. E gli pareva di essersi sdoppiato: una delle sue metà si sforzava insensibilmente a spingere l'altra ed a disfarsene; eppure, con quelle mille precauzioni che egli soleva avere quando trattava gli affari coi contadini, egli cercava di mistificare sè stesso.

– Dico forse il contrario, io? si chiedeva egli, colla fronte corrugata. Sono un peccatore indurito, e lo capisco. Ma come fare per rendermi più leggero? Quando verrà quaresima, andrò a confessarmi; ma intanto, devo pure penare.

E nello stesso tempo sentiva benissimo che non gli era di nessun giovamento lo stare lì, tutto solo, e che l'angoscia lo assaliva di nuovo a poco a poco e s'impadroniva di lui. Temeva il suo ritorno.

Stando in giardino, e anche durante la via, s'era alquanto acquetata, ed ecco che riappariva, diventava più grande, lo piombava nelle tenebre, facendogli provare un grande malessere e una grande confusione. Si alzò, si versò un altro bicchierino d'acquavite, bevve e tornò nella stanza in cui si ora seduto entrando.

– Dove è andata a farsi impiccare quella diavolessa? pensò egli indignato.

Molti occhi curiosi si erano rivolti su lui. L'uomo nero dai baffi di soldato lo squadrava fissamente, e nei suoi occhi c'era qualcosa di cattivo. Egli si volse indietro e si scostò. Un uomo alto, in camicia rossa, le cui maniche vuote, cadenti dalle spalle svolazzavano liberamente sui fianchi, gli stava davanti. La barba castana, a punta, allungava il suo volto pallido, estenuato, in cui gli occhi grigi brillavano come per febbre; il collo lungo, dal pomo d'Adamo estremamente pronunciato, dava a quello strano personaggio qualcosa dell'aspetto di una cicogna. Portava delle scarpe di feltro e dei larghi calzoni di velluto di cotone, consumati sui ginocchi. Doveva essere certamente sulla cinquantina, ma i suoi occhi lo ringiovanivano. Egli squadrò Tihon Pavlovitsc e gli passò dinanzi per andare nella camera lunga.

– Dunque, voi siete il mercante? disse egli quando vide che il mugnaio entrava dietro di lui.

– Sono io...

– Mescetemi un bicchierino.

– Volentieri.

– E avvicinatelo.

– Ecco.

Il mugnaio mescè dell'acquavite, la portò alle labbra del mutilato, e questi, aspirando l'aria, vuotò d'un fiato tutto il contenuto fino all'ultima goccia con un fischio del tutto speciale.

– Desiderate qualche antipasto?

– Non ne prendo mai dopo il primo bicchierino.

– Devo mescervene dell'altro

– Grazie...

Parlava a voce alta, metallica, e, dopo i due bicchierini, i suoi occhi brillarono più vividamente, mentre il viso si coloriva di chiazze rosse. Tihon Pàvlovitsc gli diede un pezzo di pane con un pesce qualunque; l'altro lo prese con le labbra, sedette sul divano, abbassò la testa verso la tavola, posò il tutto sull'orlo della stessa, e, col collo inclinato, mangiò. Mordendo, sporgeva in avanti il labbro inferiore, impedendo così al cibo di cadere a terra. Tihon Pavlovitsc lo guardava e aveva pietà di quel povero disgraziato.

– Com'è successo che le braccia... chiese egli in tono compassionevole.

– In un modo semplicissimo: fui preso, essendo ubbriaco, nella correggia di trasmissione. Rimasi tre mesi all'ospedale, ed eccomi ridotto allo stato di mendicante.

Il mutilato raccontò ciò rapidamente, intanto che esaminava minutamente il mugnaio.

– Dev'essere stato un gran dolore! esclamò Tihon Pàvlovitsc, facendo un lieve rumore con le labbra.

– Oh! sì.. ma è passato. E ciò che è passato, non esiste più. Ciò che è ributtante, è ciò che è, altrimenti me ne sarei infischiato del resto.

– E perchè?

– È semplicissimo; è impossibile vivere senza braccia. Non si ha neppure modo di ricevere l'elemosina: ecco quello che disgusta. Raccogliere coi denti? c'è di che romperseli.

– È giusto! disse Tihon Pavlovitsc ridendo.

Egli aveva qualcosa di sveglio, di vivace; qualcosa che rianimava, e i suoi occhi brillavano in modo così intelligente! Tihon Pàvlovitsc pensò che quel poveretto, benchè senza braccia, poteva essere, molto probabilmente, un brav'uomo ed un allegro compagno.

– Non c'è nulla di più giusto!..

Il monco annuì col capo e tossì con forza.

– E Annuscka, che fa che non viene? chiese il mugnaio.

Il monco rialzò vivamente la testa e fissò Tihon Pàvlovitsc con occhio indagatore. Parve a quest'ultimo che quello sguardo fosse strano, ostile, e stornò il capo, un pò confuso.

– Dove l'avete raccolta?... chiese il mutilato.

– Ma... ci siamo incontrati in giardino...

Il mugnaio credette bene allungare la sua risposta.

– Ah!

– Perchè mi chiedi questo?

– Così...

– È una bella creatura, disse Tihon Pàvlovitsc.

E sentiva che l'animosità del suo interlocutore verso di lui cresceva sempre più.

– Una mutilata anch'essa... fece l'altro seccamente.

– In qual modo?

– È senz'anima. Una machina ha tolto le braccia a me; la vita ha mutilato lei. La vita dei poveri è vita schifosa – attrofizza l'intelletto. È una vita crudele.

Vi fu un silenzio. Il monco si dimenava sul divano, come preso da inquietudine, mentre Tihon Pavlovitsc, che lo sbirciava di sottecchi, si sentiva poco sicuro, e smanioso, e aveva paura di qualche cosa, e ricominciava a sentire nel suo interno quelle punture che già conosceva così bene.

Quando si parla di cose esterne non si bada a quanto accade nel nostro interno.

– Un altro bicchierino?

– Date pure... Ma poi basta; se no, non canto più.

– Siete stato cantore?

– Io? Ho fatto un pò di tutto; sono stato orologiaio, cantore, untore nelle strade ferrate; ho commerciato in oggetti di corno, sono stato commesso in negozii di legnami... non ricordo tutto. Vivo da tanto tempo!

– Sì... è proprio così... disse Tihon Pavlovitsc, colpito dalla vivacità del suo interlocutore.

Vi fu un'altra pausa.

– Gli è che Annuscka tarda molto a venire.

– Anuta? e il monco si agitò. – Verrà... E fece udire una risatina secca. – Essa verrà di sicuro... Voi le avete promessa dieci rubli sonanti? Lo credo bene, che verrà! Dieci rubli sonanti, quando per un rr... eh! – Egli cominciò a tossire, torcendosi quant'era lungo. – Sapete, io conosco Anuta da quando aveva sei anni. Ah, sì!... Che ve ne pare? La portava nelle mie braccia, le comprava del pan pepato, ed ora sono io che vivo sotto la sua protezione.... Io le davo allora del pan pepato, ed essa, ora, mi dà del pane e dell'acquavite. I tempi sono mutati, e gli uomini sono dei bruti. Tutto però si mantiene secondo le leggi, e l'uomo, sulla terra, non è che un miserabile insetto. Tutto va pel suo verso, e non vale la pena di gemere e di piangere. Vivi ed aspettati di essere spezzato; e se sei già spezzato, aspetta la morte. Queste sono le uniche parole saggie che esistano sulla terra. Avete capito? E Anuta, ed io, e voi, e noi tutti, abbiamo perduto tutto della nostra giovinezza, e abbiamo trovato finora una vita da cani! È proprio così! Non c'è altro da dire. Tutte le conversazioni sono delle inutili sciocchezze. Prima, avevo altre opinioni sulla vita e mi davo molta pena per me e per gli altri. – Io dicevo: Come? e perchè? quale è il significato di tutto ciò? e cos'è necessario? e perchè e per quale ragione? Ora... me ne infischio! La vita passa in un certo qual ordine – ebbene! passi pure; ciò dev'essere così e io non ci ho nessuna colpa. È impossibile andare contro le leggi, signore!... e non vi è neppur bisogno, perchè anche quegli che sa tutto, non sa ancora nulla. Credetemi; ho avuto a questo proposito più d'una conversazione con uomini intelligentissimi, con studenti e con alcuni ecclesiastici. Eh! eh! Gli uomini discutono sopra una cosa e l'altra, e il resto... è stupido! stupidissimo! Che c'è da discutere, quando esistono leggi e poteri? E come si può lottare con essi, se tutte le nostre armi stanno nella nostra intelligenza e questa è pure sottomessa alle leggi e al potere? Voi capite? È semplicissimo. Vivi dunque, e non ricalcitrare; se no la forza, fitta dalle tue stesse disposizioni ed intenzioni e dal moto della vita, ti ridurrà subito in polvere! Questo si chiama la filosofia della vita reale... non è così?

E lanciando una dopo l'altra, a Tihon Pavlovitsc queste frasi sconnesse ed oscure, quel mutilato delle due braccia pareva ardere e bollire nello stesso tempo. Il tono del suo discorso era strano; vi si notava un amaro dispetto, una completa disperazione, il sarcasmo per qualche cosa o per qualcuno, e quasi una mistica paura di quelle leggi e di quella forza – parole che egli pronunciava con accento speciale e abbassando la voce.

Tihon Pavlovitsc capì poco del suo discorso, ma ne provò una certa nervosa timidezza, e sentì che gli spiegava qualcosa. E quando il mutilato, ansante per quello che aveva detto, fece una pausa, gli chiese timoroso e pensoso:

– Dunque, non vi è alcun rifugio per l'uomo?

– Alcuno! disse il monco con gli occhi sfavillanti; e, curvo con tutto il corpo verso Tihon Pavlovitsc, aggiunse con voce strozzata e severa: Le leggi! Le cause segrete e le forze misteriose, capite?

Inarcò le sopracciglia e chinò il capo in aria d'importanza, ed aggiunse ancora: – Tutto è ignoto! Tenebre! Egli si raggomitolò su sè stesso, sprofondò la testa fra le spalle, e parve al mugnaio che, se il suo interlocutore avesse avuto le mani, gli avrebbe certamente fatto un segno con le dita. E così vivi, ma non ti lamentare, e cedi. E poi, nulla più...

– Ah! sì! disse il mugnaio, strascicando le parole, mentre chinava la fronte pensierosa, tormentandosi la barba con una mano. E l'anima, allora?

– L'anima? Avete visto nelle cantine e in altri siti di questo genere dei fanciulletti, dei bambinelli? Ecco, quelli rappresentano l'anima sulla terra! Questa è una prova...

– E come va dunque, se c'è la coscienza?

– Ecco... vengono...

E il mutilato fece un cenno col capo.

*

* *

Rossa in viso, e col petto ansante, Annuscka stava sotto l'arco della porta; una faccia baffuta, col berretto spavaldamente inclinato sull'orecchio, e con gli occhi beffardamente socchiusi, si disegnava dietro le sue spalle.

– Mikàil Antònitsc! Ecco Kostia!... Auf! sono proprio stanca!

– Kostia? disse il mutilato animandosi. Benissimo! Sarà un vero godimento! Vieni qua, Kostia!... Questo qui, borghese, si può dire che è uomo, un vero ingegno! Questa è un'anima!

Un giovinetto magro e giallo, curvo, dal petto cavo, dalle labbra sottili, semiaperte, attraverso le quali si scorgeva una doppia fila di denti neri, rosi dal tartaro, sorse di sotto il gomito di Annuscka, allo stesso modo di uno che appare improvvisamente dopo essersi tuffato in mare.

Il rumore si sparse ad un tratto nella stanza; i nuovi venuti avevano portato seco tutto un arsenale di strumenti diversi. L'uomo baffuto, dagli occhi beffardi, era un suonatore di fisarmonica; egli sedette subito in un angolo del divano, e posò sulle ginocchia un grande strumento con un numero incalcolabile di chiavi, e stabilì un accordo estremamente acuto; dopo di che guardò vittoriosamente Tihon Pàvlovitsc e si mescè un bicchierino di acquavite.

Oltre Annuscka venne un'altra giovinetta, una certa Tània, come la chiamò un giovanotto in camiciotto, operaio, commesso, o che so io. Sedettero vicino alla finestra, e Annuscka, il musicante, Tihon Pàvlovitsc, il mutilato e Kostia formarono un gruppo intorno alla tavola. Molta gente stava già riunita nella camera vicina; quasi tutte le tavole erano occupate, e un rumore briaco, possente, si elevava, formando un insieme assordante.

Il mutilato e Kostia parlavano piano di qualche cosa; la faccia di Kostia era rischiarata da grandi occhi turchini, profondamente infossati, sottolineati da grandi macchie oscure. Egli indossava una podilevka una camicia rossa e degli stivali. Annuscka mormorava qualche cosa al musicante con un sorrisetto astuto, e questi l'ascoltava e lanciava di quando in quando delle occhiate indifferenti sul mugnaio.

Tutti si sentivano un pò intimiditi, specialmente Tihon Pàvlovitsc, disorientato alla vista di tutte quelle faccio sconosciute che badavano poco a lui. Provò la sensazione di parere sciocco e goffo, e benchè, per l'acquavite bevuta e per i discorsi avuti col mutilato, sentisse il cervello come annebbiato, sentì la necessità di mostrarsi buon padrone di casa. In quel momento Annuscka e Tania si facevano dei segni con gli occhi e ridevano di qualche cosa; l'uomo dal camiciotto le approvava ridendo forte e

50

cordialmente; il musicante traeva dal suo strumento lunghi suoni striduli, e il mutilato e Kostia scambiavano tra loro qualche monosillabo.

Tihon Pàvlovitsc tossì con voce rauca per attirare l'attenzione su di lui, e fu capito. Tutti si agitarono, e si strinsero intorno alla tavola. Annuscka si alzò prontamente dal divano e sedette sopra una sedia vicino al mugnaio; anche gli altri lasciarono la finestra e si avvicinarono.

– Per cominciare... beviamo, signori della compagnia! proclamò Tihon Pàvlovitsc.

E si compiacque di molto di aver detto queste parole in modo così fermo, così pacato e con tanta importanza.

Bevettero. Kostia servì il mutilato, seduto vicino a lui.

– Dunque, voi, disse Tihon Pàvlovitsc volgendosi al mutilato, voi che siete un uomo tale... Egli rimase indeciso, s'imbrogliò, e lanciò un'occhiata sulle spalle di un simile uomo. – Prenderete la direzione di tutto. Voglio che ci divertiamo, e ci divertiremo all'impazzata... Beviamo ancora un bicchierino per scuoterci.

– Sta bene, acconsentì il mutilato.

Via via beveva, i suoi occhi si dilatavano maggiormente, e qualche cosa gli gorgogliava nella gola.

– Beviamo e cantiamo in coro! Vi piace così? Sarà bello! Tu, Kostia, lancia la tua voce, piangi, prorompi; Annuscka darà l'intonazione, e voi, Marco Ivànitsc, sostenete con la fisarmonica.

Tutti si misero a parlare ad un tempo.

Il giovinetto in camiciotto sosteneva che il coro non si poteva fare: c'erano poche voci. Il musicante l'approvò, e con evidente desiderio di mostrare la sua competenza, si servì di diversi termini tecnici.

– Ciò non può andare, perchè non vi sono voci maggiori, cioè forti, e non vi saranno che delle grida. Un triù... può andare, cioè un canto a tre voci...

Annuscka, già un pò brilla ed eccitata, facea delle moine da gatta a Tihon Pàvlovitsc. Questi si sforzava di mantenersi in sussiego, ma già sorrideva di un sorriso beato di desiderio e l'aveva pizzicata al fianco.

Essa aveva gettato un gridolino acuto e gli aveva battuto sulle mani. A poco a poco, essi si erano appassionati, mentre attorno ad essi s'animava sempre più la discussione per sapere cosa si canterebbe, e come.

Faccie diverse si facevano vedere ad ogni momento nel vano della porta, gettavano un'occhiata e sparivano per cedere il posto ad altre persone.

– Ciò non va, Marco Ivànitsc! esclamò il mutilato con voce angosciata.

– No, è proprio così! diceva il musicante con la sua voce stanca di basso rauco.

Kostia non prendeva parte alla discussione.

Buttato in un angolo del divano, col petto sollevato ad arco, aveva chiuso gli occhi ed era impallidito ad un tratto, non si sa per qual ragione.

– Comincia, Kòtiuscka! gridò Tania con voce alta di contralto.

E appoggiò i gomiti sulla tavola, sostenendo il viso con una mano. Il suo cavaliere le disse qualcosa nell'orecchio mentre ammiccava verso il mugnaio, il quale aveva circondato con un braccio la vita della sua vicina e le accostava alle labbra un bicchierino di liquore. Essa faceva delle moine e scostava la testa. Tania la guardò un momento coi suoi occhi turchini spenti, poi riprese la stessa posizione, dicendo al musicante:

– Mi pare che ora basti!

E il mutilato, chino su lui con tutto il corpo, e schizzando la saliva tra i denti, gridava con forte voce metallica:

– No, non va ancora bene! Bisogna cominciare con la tristezza, per mettere l'anima a posto, obbligarla a udire.

– Come sarebbe a dire? chiese il musicante con fare scettico, corrugando le sopracciglia e muovendo i baffi.

– Ma, così... essa è sensibile alla tristezza, capito? e poi, incatenatela subito per esempio con la Lutscinuscka , oppure con «Il bel sole rosso tramontava». E allora afferratela d'un tratto con i Ciobòti oppure «Nei prati.» Ma con impeto, con fiamma, con danza pazza – qualcosa di ardente! Quando le avrete dato una buona spinta, l'anima si raddrizzerà tutta! Allora tutto sarà in armonia, e comincerà una azione viva e possente. – Si ha voglia di qualche cosa e non si ha bisogno di nulla. L'angoscia e la gioia si fondono e brillano come l'arcobaleno!..

Il mutilato soffocava d'emozione e dondolava curiosamente il corpo, come se avesse l'intenzione di sprofondarsi nel pavimento sotto i piedi del musicante. Il rumore nella trattoria diventava sempre più caotico, assordante, briaco.

Ad un tratto, un'alta nota di tenore, vibrata e strascicante, e quanto mai melanconica, vibrò nell'aria.

– «Eh! eh! nella tempesta!...»

– St! st! sibilò il mutilato, rizzando il capo e guardando tutt'ingiro il pubblico con i grand'occhi spalancati, nei quali si leggeva una viva espressione di preghiera, di paura e di piacere.

Il pubblico tacque subitamente e fissò Kostia, il quale, seduto sul divano, aveva la faccia pallida e le labbra contratte semiaperte, dalle quali uscivano sempre più acute e tremanti le note alte, ma già spezzate, prodotte evidentemente da un petto ammalato.

– Tania, tortorella, sostieni! mormorava il monco con voce supplichevole.

– «Il vento urla e geme!» cantò Kostia in recitativo.

Indifferente, con l'aria di una persona che dice: «Bah! ciò mi è tutt'uno!» Tània guardò Kostia, e appoggiando più fortemente la mano sulla guancia, riprese prima che Kostia avesse finito il suo motivo:

– «E la mia povera teesta!»

– «È ròsa dalla crudele tristezza!» continuò Kostia, immobile e immerso in sè stesso.

Egli era piccolo, magro e giallo, e pareva invero strano di vedere uscire quei suoni belli e forti da quella personcina esile e tutta rannicchiata. La canzone si svolgeva nota a nota. La voce di tenore di Kostia, alta, metallica, vibrava come singhiozzante e moriva, ma prima ancora che avesse il tempo di estinguersi, risuonava il profondo contralto di Tania che si spandeva pensieroso e triste dalla sua ugola inalterabilmente tranquilla, ciò che rendeva ancora più tristi le sue parole. Una folla di gente dalle faccie rosse, eccitate e in sudore, stava agglomerata sulla porta della stanza; dietro questa, laggiù, in fondo alla sala, si udiva il tintinnio dei bicchieri e delle voci avvinazzate, ma i rumori andavano affievolendosi, mentre la folla, radunatasi presso la porta, si spingeva avanti nella stanza.

– «Eeh! e andrò nelle steppe...» raccontava tristemente Kostia, il quale aveva delle macchie rosse sulle guancie.

– «Nelle steppe...» riattaccava Tania, e la sua voce suonava solamente come l'eco indifferente del dolore altrui.

– «Vi cercherò un destino...»

Le voci si fusero, e, in uno slancio unico, caldo e commovente, si sparsero per la stanza, impregnata di odore di acquavite, di tabacco e di sudore, si misero a tremolare ad un tratto, a battere le ali, singhiozzarono come se soffrissero di quella ristrettezza di spazio e di nausea. Poi la voce di Kostia si spezzò e tacque, mentre Tània continuava:

– «Oh! madresteppa desolata...»

E Kostia intuonò di nuovo con un grido d'angoscia:

– «Madresteppa desolata...»

– «Ospita l'orfanello...»

– «Ospita l'orfanello!» disse una terza voce.

Rassomigliava al trillo del violino; la voce era quasi un falsetto, ma aveva tanto sentimento ed espressione, piangeva così sinceramente, aveva tanta somiglianza con la voce di Kostia, chiedeva asilo con tanta angoscia! Essa si fuse con la voce di Kostia e suonò all'unisono con quella, e com'essa flessibile e tremante, apparve come un'eco, come l'ombra dell'altra, e pianse e gemette, cantando soltanto le vocali. Era il mutilato che cantava, con gli occhi chiusi e la gola tesa; il contralto profondo, uguale, ben nutrito di Tania risuonava continuo, tanto che avresti detto quel canto una larga striscia di velluto ondeggiante nello spazio, e su quel velluto, lumeggiare in disegni fantastici i fili d'oro e d'argento delle voci di Kostia e del monco.

Il pubblico era sotto la penosa impressione del racconto dell'orfano che cerca il proprio destino. Già da qualche tempo Tihon Pàvlovitsc restava immobile sulla sua sedia, col capo chinato sul petto, e ascoltava avidamente quel canto, che risvegliava in lui l'angoscia; e sebbene questa fosse più lancinante, aveva qualcosa pure di dolce che gli ammolliva il cuore. Sentiva come se qualcosa di tiepido e di denso, come il latte munto, fosse versato su lui e penetrasse nell'interno del suo corpo, gl'invadesse le vene, depurasse il suo sangue, risvegliasse la sua angoscia, e benchè sviluppasse e ingrandisse questa, la molcesse sempre più. Vi era pure qualcosa di scottante, di acuto, in tutte queste sensazioni che egli sentiva profondamente, e la loro riunione formava nell'anima del mugnaio uno strano e dolce dolore, come se il grosso blocco che pesava sul suo cuore, si fondesse, crollasse in piccoli pezzi che lo pungevano là, in fondo.

Annuscka posò il capo sulla spalla del vicino e rimase così, con gli occhi chini a terra. Il musicante s'arricciava i baffi in aria pensosa, e l'uomo dal camiciotto andò verso la finestra e vi si addossò con le spalle, col viso stranamente proteso verso i cantanti, come se volesse acchiappare i suoni con la bocca. La folla riunita a formare un solo animale, grugniva sordamente nel vano della porta.

I tre cantanti continuavano, deliziati dal loro proprio canto. Questo risuonava ora lugubre e appassionato come preghiera di peccatore penitente, ora triste e dolce come pianto di fanciullo ammalato, ora pieno di quell'angoscia disperata e frenetica di cui è colma ogni vera canzone russa.

– «Ah! io rimango vicino al mare...» singhiozzava Kostia; il sudore imperlava la sua fronte tesa e gli scorreva poi sulle guance come fossero lagrime.

– «Ah! – i – o – i – i – al – a – ar...» lo secondava il monco con le sole vocali.

Egli stringeva fortemente le palpebre, e le sue narici fremevano pure.

– «Aspetto il mio destino!» cantava Tania con la voce piena di disperazione, mentre dondolava il capo e sorrideva di un sorriso così intenso ed ansioso.

– «La mia anima...» suonava e piangeva la voce di Kostia.

– «Le lagrime.... Le lagrime ardenti la lavano!» diceva tremando la voce del mutilato.

I suoni piangevano, vagavano sempre; pareva che dovessero bruscamente spezzarsi e morire, ma rinascevano sempre, ravvivando la nota morente, sollevandola di nuovo in alto; là essa si dibatteva, si lamentava, poi cadeva in giù; il falsetto del mutilato sottolineava la sua angoscia, mentre Tania cantava sempre e Kostia singhiozzava di nuovo, ora anticipando le sue parole, ora ripetendole, e, molto probabilmente, quella canzone piangente e supplichevole, quel racconto dell'orfano in cerca del suo destino, non avrebbe più avuto fine, se Tihon Pavlovitsc non fosse scattato improvvisamente dalla sua seggiola, gridando sordamente:

– Fratelli! non ne posso più! In nome di Cristo, non ne posso più!

Aveva il viso rosso e bagnato di lagrime, la barba umida di pianto e scomposta, e negli occhi dilatati, appauriti, pieni di sofferente tensione, brillava qualcosa di selvaggio e di entusiastico, di meschino e di ardente. Alzandosi, aveva respinto Annuscka, la quale era stata lì lì per cadere; poi si era rimessa, e come risvegliandosi, aveva guardato il mutilato con occhi smorti e senza vita, con uno sguardo pesante di bestia stanca.

– Mi avete squarciato l'anima. Basta, ora! Oh! che angoscia! Avete toccato l'anima mia addolorata... mai ancora in vita mia ho provato qualcosa di simile!

Tania lo fissava con sguardo spento, mentre dalle sue labbra uscivano sempre delle note uguali, nutrite e calde, ma senza fiamma.

– Fratelli! io mi sento ardere tutto! – Ecco qual'è la mia angoscia! Che farò, ora? Andrei in cerca di un coltello.... brontolava sordamente il mugnaio, con gli occhi spaventevolmente dilatati, sfregandosi il petto con ambo le mani. – Divertiamoci! sfreniamoci all'impazzata! Oh! la vita!

Il mutilato e Tania ruppero il canto. Tania si riempì immediatamente un bicchiere di acquavite e se lo versò in gola così in fretta come se fosse stata arsa da carboni ardenti, e che essa avesse voluto spegnere al più presto.

Commosso e stanco, il monco soffiava pian piano; il suo viso si raggrinzò ad un tratto, le guance s'infossarono, e gli occhi ebbero uno sguardo ottuso, scialbo e senza pensiero.

– Versami dunque un bicchierino di liquore, Marco Ivànitsc!

– Avete cantato molto bene... disse dolcemente il musicante, avvicinandogli il bicchiere alle labbra.

La folla si destò e un rumore caotico e delle conversazioni si animarono fra essa. Si udirono delle esclamazioni laudative e delle piccole bestemmie carezzevoli.

– «Oh! destino mio, destino mio, dove sei tu?..» singhiozzò di nuovo ad un tratto la voce di tenore di Kostia.

Egli cantava sempre con gli occhi chiusi, e, ipnotizzato dal proprio suo canto, non aveva probabilmente udito nulla; aveva fatto una pausa e ora.... si rimetteva a cantare.

Echeggiò una risata grossolana. Quelli che stavano vicino alla porta, e Tania con essi, ridevano. Quell'entusiasmo di Kostia parve ridicolo, e la risata lo risvegliò. Spalancando gli occhi, così eccitato e nervoso com'era, guardò le faccie ridenti, si raggomitolò e impallidì; avresti detto si fosse spento ad un tratto, e tornò ad essere quel giovine magro e giallo che era quando entrò nella stanza.

– Bevi, cavoluccio mio! diceva Tihon Pavlovitsc ad Annuscka; beviamo, divertiamoci. Voglio godermela! mi sarei annientato io stesso...

Il musicante prese la fisarmonica fra le mani, pensò un poco, con la testa alta, poi si pose a suonare qualcosa di allegro.

– Ecco che abbiamo svegliata l'anima del borghese, non ti pare? disse il monco spingendogli il piede sotto la tavola. Il musicante acconsentì con la testa. Tania sparì non si sa dove, e l'uomo dal camiciotto, addossato con le spalle alla porta, guardava il pubblico rumoroso. Intorno alla tavola di Tihon Pavlovitsc molti visi sfrontati si facevano vedere; e gente ignota si mise a bere la sua acquavite. Egli beveva con tutti e si ubbriacava rapidamente, come pure Annuscka.

– Voglio ballare! Marco, suona il Kamarinscki ! gridava essa dimenando le spalle. Il mutilato, fattosi scuro in viso, la guardò dal divano, mordendosi i baffi.....

– Animo, Michele Antonitsc, non andare in collera! Tant'è, è lo stesso.... non si vive che una volta sola! gli disse essa sorridendo, avendo notato il suo malumore.

– Una femmina potrebbe anche vivere quattro esistenze, e sarebbe pur sempre un animale, balbettò egli malignamente.

– Non t'imbestialire, amico! è una buona ragazza... e le voglio bene! disse il mugnaio dimenandosi. – Mi avete toccato l'anima e l'avete depurata! Io mi sento ora... Ah! se sapeste come mi sento! mi sarei buttato nel fuoco!

– L'uomo non deve gettarsi in nessuna parte.... versami piuttosto da bere.

– Non gettarsi in alcuna parte! Questo è anche vero.

– Dammi la mano! Ah! sì! non hai mani... ebbene, abbracciamoci!

E circondando con le braccia il corpo del mutilato, si pose a baciarlo. Kostia, non vedendosi osservato, si versava bicchierino su bicchierino di acquavite e la tracannava.

– Suona la russa! voglio ballare! insisteva Annuscka.

Il musicante intonò con accordo strabiliante, poi suonò: «Lungo la via.»

Coi pugni sui fianchi, e movendo le spalle, Annuscka, suggestivamente bella e provocante, ardente di eccitamento, passò, scivolando come cigno sull'acqua, innanzi al mugnaio riscaldato dal vino, e gli ammiccò con l'occhio in modo significativo.

– Hop, hop! sei al punto, eh? anch'io ci sono! gridò egli spavaldamente, e, pestando forte i piedi, si slanciò dietro lei.

Il monco li guardava, coi denti terribilmente scoperti e il bianco degli occhi voltato in su. La folla si raccolse di nuovo e muggiva guardando i danzatori.

– Tihon è bell'e lanciato! esclamò il mugnaio con voce minacciosa. – L'uomo si è rinnovellato! Ah! sì!

*

* *

Il quinto giorno dopo quanto abbiamo narrato, Tihon tornava dalla stazione a casa sua, alla fattoria. Con la testa ammalata rotta e tetra, egli era scosso nella sua carretta e si sentiva in cuore un peso amaro, disgustoso, dopo quei quattro giorni di stravizi.

E immaginava il modo con cui sua moglie, gemendo, lo avrebbe accolto: «Ma bravo, ecco che ti sei di nuovo strappato alla catena!» E continuerà a parlargli della sua età, della barba grigia, dei figli, della vergogna, della sua vita disgraziata – e immaginando tutto questo, Tihon Pavlovitsc si stringeva nelle spalle e sputava rabbiosamente sulla via, brontolando con voce sorda:

– Ah! che vitaccia!...

– Cosa? gli chiese il suo cocchiere, il chiaccherone «Pantelei della stazione», chiamato così per distinguerlo da un altro Pantelei, «il nuovo venuto.»

– «Nulla, nulla! bada a guidare il cavallo! borbottò in collera Tihon Pavlovitsc.

– Ah! ah! ciò accade! Un uomo che pensa e si mette a parlare forte con sè stesso. Ciò dipende dai molti pensieri, se... – e il cocchiere non voleva più tacere.

– Tieni la lingua a posto! l'interruppe vivamente Tihon Pavlovitsc.

– Bene, bene! si può pure tacere un pò! approvò Pantelei; ma dopo pochi momenti ricominciava di bel nuovo a parlare.

Una tetra oscurità avviluppava tutta la steppa, mentre sù, nel cielo, si vedevano immobili grosse nuvole grigie.

Una strana macchia biancastra, la luna, pareva volerle squarciare; e non poteva.

Erano arrivati alla diga.

– Ferma! disse Tihon Pavlovitsc, il quale scese dalla carretta e si guardò intorno.

A una quarantina di passi innanzi a lui, si disegnava la fattoria che, nella oscurità della notte, pareva un ammasso scuro, angoloso; a destra, vicino ad essa, c'era lo stagno.

L'acqua nera, immobile, spaventava per la sua immobilità. Tutto, all'ingiro, era silenzioso e ispirava un senso di timore. I salici, sulla diga, avvolti nella densa oscurità, si drizzavano così severi, così duri! Si udivano cadere delle goccie... ad un tratto, il vento passò rapidamente sullo stagno; l'acqua s'agitò come spaventata, e si sentì una specie di lamento, mite, prolungato.... Anche i salici stormirono melanconicamente.

Tihon Pavlovitsc guardò l'acqua, un momento agitata dal vento, calmarsi a poco a poco, sospirò profondamente e si diresse verso la masseria, borbottando:

– La vita.... non è altro che un'oscillazione... un brivido. Furbo chi ci capisce qualche cosa!...

Ma quel mormorio non lo calmava affatto; sentiva di aver torto con tutti e con sè stesso: si fermò, si prese la barba fra le mani, la tirò, dondolò il capo e disse ad alta voce:

– Sei un vecchio diavolo, Tiscka!

– Comandate? rispose nell'ombra la voce di «Pantelei della stazione.»

– Nulla!... lasciami in pace....

I galli cantarono in lontananza.

FINE